普通高等教育实验实训规划教材

能源动力类

流体力学及泵与风机实验指导书

编　著　吕玉坤　叶学民　李春曦
　　　　丁千玲　杨　阳
主　审　王松岭

中国电力出版社
http://jc.cepp.com.cn

内 容 提 要

本书为普通高等教育实验实训规划教材（能源动力类）。

本书是配合普通高等教育"流体力学"、"泵与风机"课程而编写的。全书包括伯努利方程、管道沿程损失等流体力学实验和离心式风机、离心式水泵性能等泵与风机实验共八个。按照实验目的、实验要求和实验步骤对每个实验进行了详细的讲述和指导，每个实验均有思考题，并附有实验结果记录和处理用表。

题材选择方面，在充实基本实验技能训练内容的同时，突出了综合性实验能力培养的内容。

本书为普通高等院校能源动力类本科相关专业"流体力学"、"泵与风机"等课程的配套实验教材，供实验课程选用。

图书在版编目（CIP）数据

流体力学及泵与风机实验指导书/吕玉坤等编著. —北京：中国电力出版社，2008

普通高等教育实验实训规划教材. 能源动力类

ISBN 978 - 7 - 5083 - 7660 - 8

Ⅰ. 流… Ⅱ. 吕… Ⅲ. ①流体力学-实验-高等学校-教学参考资料②泵-实验-高等学校-教学参考资料③鼓风机-实验-高等学校-教学参考资料 Ⅳ. O35 - 33 TH - 33

中国版本图书馆 CIP 数据核字（2008）第 096898 号

中国电力出版社出版、发行

（北京三里河路 6 号 100044 http://jc.cepp.com.cn）

汇鑫印务有限公司印刷

各地新华书店经售

*

2008 年 8 月第一版 2008 年 8 月北京第一次印刷

787 毫米×1092 毫米 16 开本 5 印张 102 千字

定价 9.00 元

前　　言

　　本书是根据高等学校热能动力类专业人才培养目标，为配合王松岭主编《普通高等教育"十一五"规划教材流体力学》、安连锁主编《普通高等教育"十一五"国家级规划教材泵与风机》而编写的。题材选择方面，在充实基本实验技能训练内容的同时，突出了综合性实验能力培养的内容。

　　实验内容分为两个部分，共八个实验。其中，流体力学实验内容包括：伯努利方程、雷诺、管道沿程损失等验证性实验和并联管路特性及流量分配综合性实验；泵与风机实验内容包括：离心式风机进气、离心式风机出气、离心式水泵性能等验证性实验和离心泵并联及工况调节综合性实验。

　　流体力学实验部分由叶学民、李春曦和吕玉坤编写，泵与风机实验部分由吕玉坤、丁千玲和杨阳编写。吕玉坤副教授承担本书的统稿工作，王松岭教授担任主审。

　　实验室教师杨先亮、孙冬雷、王亚瑟和靳光亚对本书提出了许多宝贵的意见，在本书即将出版之际，一并表示衷心的感谢。

　　限于编者水平，书中不足之处在所难免，恳请读者批评指正。

编　者

2008 年 7 月

目　录

实验一　伯努利方程实验

实验类型：验证性实验

学　　时：1

适用对象：热能与动力工程专业、建筑环境与设备工程专业、环境工程专业、测控技术与仪器专业

一、实验目的

（1）验证静压原理。

（2）掌握一种测量流速的基本方法。

（3）验证定常不可压缩流体总流的能量方程。

（4）通过实验数据的整理和分析，进一步掌握管内流动中的能量转换特性，分析测压管静水头线和总水头线的变化趋势。

二、实验要求

（1）掌握流速、流量和压强等参数的实验测量技能。

（2）掌握伯努利方程的理论知识及其在工程实际中的应用。

三、实验原理

在实验管路中，沿管内水流方向取 n 个过水断面（缓变流截面），可列出某一断面 1 至另一断面 i（$i=2$，3，$\cdots$，n）间的伯努利方程，即

$$z_1 + \frac{p_1}{\rho g} + \alpha_1 \frac{v_1^2}{2g} = z_i + \frac{p_i}{\rho g} + \alpha_i \frac{v_i^2}{2g} + h_{w1-i} \tag{1-1}$$

管内流态一般为紊流，因此，动能修正系数取 $\alpha_1 = \alpha_2 = \cdots = \alpha_n = 1$。

测量实验管路中的流量，断面平均流速 v 的计算式为

$$v = \frac{q_V}{A} \tag{1-2}$$

从已设置的各断面的测压管中读出 $\left(z + \dfrac{p}{\rho g}\right)$ 值（基准面选在标尺的零点上），由式（1-2）可得出断面平均流速，再计算出断面的速度水头 $\dfrac{v^2}{2g}$，即可得各断面的总水头 $\left(z + \dfrac{p}{\rho g} + \dfrac{v^2}{2g}\right)$。

实验管路轴心处的流速 u 由皮托管测得，其计算式为

$$u = \sqrt{2Kg\Delta h} \tag{1-3}$$

式中　K——皮托管的修正系数，近似取 1.0；

　　　Δh——测压管和皮托管的高度差，m。

四、实验所需仪器、设备、材料（试剂）

本实验所用仪器为自循环伯努利方程实验装置。实验台由测压管组、实验管道、潜水泵、定压水箱、计量水箱和实验桌等组成，如图 1-1 所示。

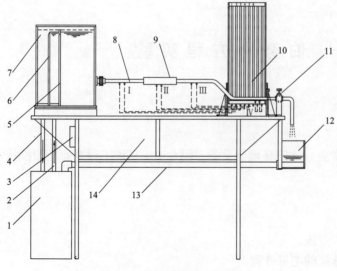

測壓管分为普通測壓管和皮托—静压管（以下简称皮托管）两种。

（1）普通測壓管，即静压管，用于测量静压强或静水头。

（2）皮托管，用于测量皮托管对准点（本实验中为轴心处）的总压或总水头 $H'\left(=z+\dfrac{p}{\rho g}+\dfrac{u^2}{2g}\right)$。一般情况下，轴心处总水头 H' 与断面总水头 $H\left(=z+\dfrac{p}{\rho g}+\dfrac{v^2}{2g}\right)$ 不同。

实验中，流量采用体积法计量，流量大小由出水调节阀进行调节。

图 1-1 伯努利方程实验台
1—水箱及潜水泵；2—上水管；3—进水调节阀；4—溢流管；5—整流栅；
6—溢流板；7—定压水箱；8—实验细管；9—实验粗管；10—測壓管组；
11—出水调节阀；12—计量水箱；13—回水管；14—实验桌

五、实验预习要求和实验条件、方法与步骤

（1）复习教材中与伯努利方程相关的理论知识。

（2）熟悉实验设备，分清哪些测压管是静压管，哪些是皮托管，以及两者功能的区别。

（3）实验前的准备工作如下：①接好各测压管；②将回水管放于计量水箱的回水侧；③接通电源，启动电泵，打开进水调节阀3，使溢流板6保持微溢流状态；④打开出水调节阀11，检查各处是否有漏水现象。

注意：打开进水调节阀3，使定压水箱7充水，待溢流后，在出水调节阀11关闭的情况下，检查所有测压管水面是否处于同一水平线。如不是，则需查明故障原因（例如，连通管受阻、漏气或夹带气泡等）并加以排除，直至调平。

（4）实验共分三个步骤。

1）验证静压原理。根据伯努利方程，当管内水不流动时，没有流动损失，则静水头线为一平行于基准线的水平线，即在静止不可压缩均质流体中，任意测点处的单位重力作用下流体的位置水头和压强水头之和（静水头）保持不变，测点的高度与测点位置的前后无关。

启动电泵，打开进水调节阀3使溢流板6保持微溢流状态，然后关闭出水调节阀11，观察实验管上各测压管的液柱高度是否相同。待稳定后，将各测压管数据记录在表1-1中。

2）测速。实验管上四组测压管中的任一组都相当于一个动压管，可测得管内任一点的流体速度。本实验已将皮托管开口迎流布置在实验管轴心位置处，故所测值为轴心处最大速度所对应的动压。

3）观察和计算静水头和总水头沿流动方向的变化。调节出水调节阀11的开度，使管内流动处于小流量下，待流量稳定后，测量并记录各测压管液面读数，同时用计量水箱和秒表

测定流量，记录在表1-1中。

利用式（1-2）和式（1-3）计算该工况下各测点处的轴心处流速、断面平均流速和速度水头，记录在表1-2中。

改变出水调节阀11的开度，使管内流动处于大流量下，重复上述测量，并将数据记录在表1-1和表1-2中。

依据表1-1和表1-2中的数据，计算各测点处的总水头，记录在表1-3中。比较流量变化前后各测点处的静水头和总水头的变化情况，以及静水头和总水头沿流动方向的变化趋势。

六、思考题

1-1　为什么能量损失沿流动方向是逐渐增大的？

1-2　比较Ⅰ和Ⅱ、Ⅱ和Ⅲ、Ⅲ和Ⅳ处的压强水头的相对大小。

1-3　测压管静水头线和总水头线沿流动方向上的变化趋势有何不同？为什么？

1-4　当流量增加时，在同一测点处的测压管静水头线和总水头线有何变化？为什么？

实验一附录："伯努利方程实验"结果与数据处理用表

水箱的尺寸＝_____

表1-1　$\left(z+\dfrac{p}{\rho g}\right)$ 和 $\left(z+\dfrac{p}{\rho g}+\dfrac{u^2}{2g}\right)$ 数值 (基准面选在标尺的零点上)（mm）　实验台编号：_____号

序号 \ 测点编号	时间(s)	体积(m³)	Ⅰ		Ⅱ		Ⅲ		Ⅳ	
			静压测点	总压测点	静压测点	总压测点	静压测点	总压测点	静压测点	总压测点
流量1										
流量2										
管内径（mm）										
零流量时的静水头										

表1-2　　　轴心处流速和截面平均流速记录表　　　实验台编号：_____号

项目 \ 测点编号	q_V(m³/s)	Ⅰ	Ⅱ	Ⅲ	Ⅳ
轴心处流速 u（m/s）					
截面平均流速 v（m/s）					
速度水头 $v^2/2g$（mm）					

表 1 - 3		总水头 $\left(z+\dfrac{p}{\rho g}+\dfrac{v^2}{2g}\right)$ (mm)			实验台编号：＿＿＿号
q_V (m³/s)	测点编号	I	II	III	IV
流量 1					
流量 2					

绘制两种不同流量下的总水头线 E—E 和测压管静水头线 p—p（轴向尺寸见图 1 - 2，总水头线和测压管静水头线绘在图 1 - 2 上）。

提示：（1）p—p 线按表 1 - 1 数据绘制；

（2）E—E 线按表 1 - 3 数据绘制。

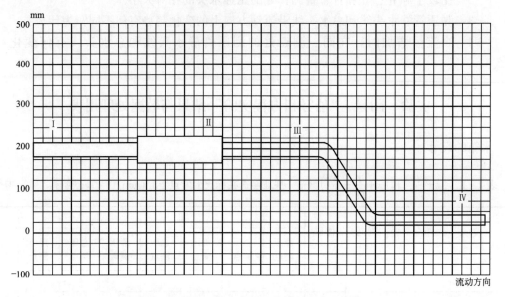

图 1 - 2　静水头和总水头沿流动方向的变化

实验二　雷　诺　实　验

实验类型：验证性实验

学　　时：1

适用对象：热能与动力工程专业、建筑环境与设备工程专业、环境工程专业、测控技术与仪器专业

一、实验目的

(1) 观察流体在不同流态（层流和紊流）时流体质点的运动规律。

(2) 观察流体由层流变紊流、紊流变层流时的水力特征。

(3) 测定下临界雷诺数，掌握圆管流态的判别准则。

(4) 学习应用无量纲参数进行实验研究的方法，了解其实用意义。

二、实验要求

(1) 观察层流和紊流两种流态。

(2) 测量、记录实验数据，计算下临界雷诺数。

三、实验原理

流体流动存在层流和紊流两种不同的状态，二者的阻力性质也不相同。

本实验采用图 2-1 所示的自循环雷诺实验装置。在实验过程中，保持水箱 9 中的水位恒定，即总水头不变。当出水调节阀 11 开度较小时，开启有色水管 5 的阀门，此时有色水与自来水同步在管路中沿轴线方向流动，有色水呈一条水平直线，其流体质点没有垂直于主流方向上的横向运动，即有色水流束没有与周围液体掺混，此时流动处于层流状态。当出水调节阀 11 逐渐开大时，管路中的有色水

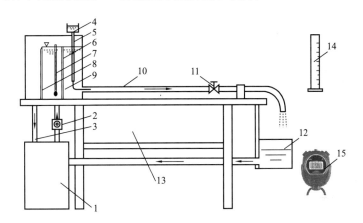

图 2-1　自循环雷诺实验装置

1—自循环供水器；2—进水调节阀；3—溢流管；4—有色水盒；5—有色水管；
6—整流栅；7—温度计；8—溢流板；9—恒压水箱；10—实验管道；
11—出水调节阀；12—计量水箱；13—实验桌；14—量筒；15—秒表

流束开始振荡，不再与管道轴线平行，此时流动呈过渡状态。当出水调节阀 11 开度继续增大时，有色水流束开始破裂，呈现不规则的状态，并发生横向掺混，遍及整个管道，即有色水在流动过程中完全扩散，已完全分不清有色水流束了，此时流动呈紊流状态。

流体的运动状态可根据有色水散开与否作定性判别，而定量判别可依据雷诺数 Re 的大小来判定。经典雷诺实验得到的下临界值为 2320，工业上可依据雷诺数是否大于 2000 来判

定流动是否处于紊流状态。雷诺数 Re 的定义式可作如下变化，即

$$Re = \frac{\rho v d}{\mu} = \frac{v d}{\nu} = \frac{4q_V}{\pi d \nu} = K q_V \qquad (2-1)$$

式中　　K——常数，$K = \dfrac{4}{\pi d \nu}$；

　　　　ρ——液体密度，$\mathrm{kg/m^3}$；

　　　　v——液体在管道中的平均流速，$\mathrm{m/s}$；

　　　　d——管道内径，m；

　　　　μ——液体的动力黏度，$\mathrm{Pa \cdot s}$；

　　　　ν——液体的运动黏度，$\mathrm{m^2/s}$；

　　　　q_V——体积流量，$\mathrm{m^3/s}$。

四、实验所需仪器、设备、材料（试剂）

本实验采用图 2-1 所示的自循环雷诺实验装置。体积流量采用量桶和秒表进行测量。

供水流量由进水调节阀 2 进行调节，使恒压水箱 9 始终保持微溢流状态，以提高实验管道进口前水体的稳定度。本恒压水箱设有多道稳水孔板，可使稳水时间缩短至 3～5min。有色水经有色水管 5 注入实验管道 10。

为防止自循环对水体的污染，有色指示水采用自行消色的专用色水。

五、实验预习要求和实验条件、方法与步骤

（1）复习教材中与雷诺实验及雷诺数定义相关的理论知识。

（2）按如下步骤进行实验

打开进水调节阀 2 使水箱 9 充水至溢流水位，待稳定后，微启出水调节阀 11；打开有色水管 5 的阀门，将有色水注入实验管内，此时有色水流呈现一水平直线，通过有色水质点的运动观察管内水流的层流流态；逐步开大出水调节阀 11，通过有色水直线的变化观察流动状态从层流转变到紊流的水力特征，待管中出现充分发展的紊流后，再逐步关小出水调节阀 11，观察流动状态从紊流转化为层流的水力特征。

（3）测定下临界雷诺数的步骤如下所述。

1）将出水调节阀 11 打开，使管内流动呈充分发展的紊流状态，再逐步关小出水调节阀 11，使流量减小。当流量调节到使有色水在整个管道中刚刚呈现出一稳定直线时，即流动处于下临界状态。

2）用体积法测定下临界状态时的流量。

3）记录水箱中的温度计指示的水温，依据公式计算水的运动黏度。

4）根据所测流量计算下临界雷诺数，并与公认值（2000～2320）比较，若偏离过大，分析原因，并重新测定。

5）重新打开出水调节阀 11，使流动处于充分发展的紊流状态，按照上述步骤重复测量两次，记录在表 2-1 中。

注意事项：①每调节出水调节阀一次，均需等待几分钟，以使流动处于稳定状态；②在关小出水调节阀的过程中，只许逐渐关小，不允许反向调节；③随出水流量的减小，应适当调小进水调节阀 2，以减小溢流引发的扰动。

（4）测定上临界雷诺数的步骤：逐渐开启出水调节阀 11，使管道中的水流由层流过渡到

紊流，当有色水线刚开始散开时，即流动处于上临界状态，测定上临界雷诺数 1~2 次，记录在表 2-2 中。

六、思考题

2-1 流态判据为何采用无量纲参数 Re，而不采用临界流速？

2-2 为何认为上临界雷诺数无实际意义，而采用下临界雷诺数作为层流与紊流的判据？

2-3 实测下临界雷诺数 Re_{dcr} 与公认值偏离多少？原因何在？

2-4 为什么在测定下临界雷诺数调小流量的过程中，不允许出水调节阀反向调节？

实验二附录："雷诺实验" 结果与数据处理用表

1. 记录、计算有关常数

管径 $d=$ m，水温 $t=$ ℃

动力黏度 $\mu=\dfrac{\mu_0}{1+0.0337t+0.000221t^2}=$ （Pa·s）

式中 μ_0——0℃时水的动力黏度，$\mu_0=1.792\times10^{-3}\mathrm{Pa\cdot s}$。

计算常数 $K=\dfrac{4}{\pi d\nu}=$ （s/m³）

式中 ν——水的运动黏度，$\nu=\dfrac{\mu}{\rho}$，m²/s。

2. 整理、记录计算表

表 2-1　　下临界雷诺数的测定　　实验台编号：＿＿＿号

实验次序	有色水线形态	水体积 V（$\times10^{-6}$m³）	时间 t（s）	流量 q_V（$\times10^{-6}$m³/s）	雷诺数 Re	阀门开度 增（↑）或减（↓）	备注

实测的下临界雷诺数（平均值）$\overline{Re_{dcr}}=$

注　颜色水形态指稳定直线、稳定略弯曲、直线摆动、直线抖动、断续、完全散开等。

表 2-2　　上临界雷诺数的测定　　实验台编号：＿＿＿号

实验次序	有色水线形态	水体积 V（$\times10^{-6}$m³）	时间 t（s）	流量 q_V（$\times10^{-6}$m³/s）	雷诺数 Re	阀门开度 增（↑）或减（↓）	备注

实测的上临界雷诺数（平均值）$\overline{Re_{ucr}}=$

注　颜色水形态指稳定直线、稳定略弯曲、直线摆动、直线抖动、断续、完全散开等。

实验三　管道沿程损失实验

实验类型：验证性实验

学　　时：2

适用对象：热能与动力工程专业、建筑环境与设备工程专业、环境工程专业、测控技术与仪器专业

一、实验目的

(1) 通过实验理解和掌握管道沿程损失的计算方法。

(2) 了解沿程损失的影响因素。

二、实验要求

(1) 掌握管道沿程损失系数与雷诺数和管壁相对粗糙度间的定性、定量关系。

(2) 学会用三角堰测量流量的方法和波纹管差压计的使用方法。

三、实验原理

1. 沿程损失的表达式

流体沿等直径管道流动时，将产生沿程损失 h_f，h_f 与管长 L、管内径 d、管壁当量粗糙度 Δ、平均流速 v、流体密度 ρ、动力黏度 μ 及流态间存在一个复杂的函数关系。

根据相似原理分析，h_f 可表示为

$$h_f = f\left(Re, \frac{\Delta}{d}\right)\frac{L}{d}\frac{v^2}{2g}$$

令 $\lambda = f\left(Re, \frac{\Delta}{d}\right)$

则
$$h_f = \lambda\frac{L}{d}\frac{v^2}{2g} \tag{3-1}$$

式中　λ——沿程损失系数。

2. 沿程损失的测量原理

沿程损失 h_f 由实验方法求得。在水平实验管道的两个测点处，取Ⅰ—Ⅰ和Ⅱ—Ⅱ两个缓变流截面，以管道中心线为基准面，则管内不可压缩定常流动在两缓变流面间的伯努利方程为

$$z_1 + \frac{p_1}{\rho g} + \frac{v_1^2}{2g} = z_2 + \frac{p_2}{\rho g} + \frac{v_2^2}{2g} + h_f \tag{3-2}$$

由于管道水平放置，故式（3-2）中，$z_1 = z_2$；同时因实验管道为等直径圆管，所以有

$$\frac{v_1^2}{2g} = \frac{v_2^2}{2g}$$

因此，式（3-2）可改写为

$$h_f = \frac{p_1 - p_2}{\rho g} \tag{3-3}$$

式中　$p_1 - p_2$——两缓变流截面间的压强差，Pa，由波纹管差压计测得。

实验管道内的平均流速 v 由三角堰所测流量及管道内径计算求得，即

$$v = \frac{4q_V}{\pi d^2} \qquad (3-4)$$

实验管道两测点间的长度 L 和管道内径 d 均已知，因此，可求出该管道在某一工况下的沿程损失系数为

$$\lambda = \frac{2gdh_f}{Lv^2} \qquad (3-5)$$

通过调节实验管道上流量调节阀的开度可改变管道内流体的平均流速 v，从而可测得不同 Re 数下的沿程损失系数。

3. 沿程损失的变化规律

沿程损失 h_f 服从以下四种不同的变化规律。

(1) 层流区。沿程损失 h_f 与平均流速成一次方关系，λ 可按式(3-6)计算：

$$\lambda = \frac{64}{Re}, \quad Re < 2300 \qquad (3-6)$$

(2) 紊流水力光滑管区。沿程损失 h_f 与平均流速的 1.75 次方成正比，λ 可按经验公式(3-7)计算：

$$\lambda = \frac{0.3164}{Re^{0.25}}, \quad 4000 < Re < 10^5 \qquad (3-7)$$

$$\lambda = 0.0032 + \frac{0.221}{Re^{0.237}}, \quad 10^5 < Re < 3 \times 10^6 \qquad (3-8)$$

(3) 紊流水力粗糙管过渡区。沿程损失 h_f 与平均流速的 1.75～2 次方成正比，λ 可按经验公式(3-9)计算：

$$\frac{1}{\sqrt{\lambda}} = -2\lg\left(\frac{2.51}{Re\sqrt{\lambda}} + \frac{\Delta}{3.7d}\right), \quad 26.98\left(\frac{d}{\Delta}\right)^{8/7} < Re < 4160\left(\frac{d}{2\Delta}\right)^{0.85} \qquad (3-9)$$

式中 Δ——绝对粗糙度。

(4) 紊流水力粗糙管区（平方阻力区）。沿程损失 h_f 与平均流速的平方成正比，λ 可按经验公式(3-10)计算：

$$\lambda = \frac{1}{4\left[\lg\left(3.7\dfrac{d}{\Delta}\right)\right]^2}$$

或

$$\lambda = \frac{1}{\left(2\lg\dfrac{d}{2\Delta} + 1.74\right)^2}, \quad Re > 4160\left(\frac{d}{2\Delta}\right)^{0.85} \qquad (3-10)$$

根据雷诺数 Re 及管壁相对粗糙度，用上述四个区域的经验公式计算出不同流动状态下的沿程损失系数 λ，并与实验测得的沿程损失系数进行比较，若偏差太大，试分析原因。

四、实验所需仪器、设备、材料（试剂）

1. 实验用水循环系统

本实验用水为一循环系统，装置如图 3-1 所示。

在图 3-1 所示的实验室地下，有一个容积为 150m^3 的地下水库，由水源泵组 5 将水库中的水经上水管 2 打入五楼恒位水箱 1 保持恒定水位。恒位水箱中的水，一部分经供水管 3 供实验系统使用，经过实验管道 4 和流量测量水箱 6 后流回到地下水库；另一部分则通过溢流管 7 进入地下水库，形成一个水循环系统。

2. 沿程损失实验装置

该实验装置由实验管路、三角堰流量测量水箱及波纹管差压计等设备组成，如图 3-2 所示。该装置中的实验段分别为 $\phi50$ 的镀锌钢管和 $\phi20$ 黄铜管，两测点间长度 $L=6\mathrm{m}$。

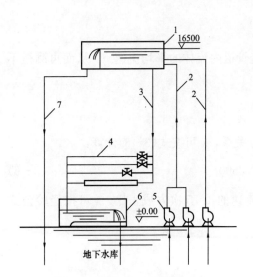

图 3-1　实验用水循环系统图

1—高位恒位水箱；2—上水管；3—供水管；

4—实验管路；5—水源泵组；6—三角堰；7—溢流管

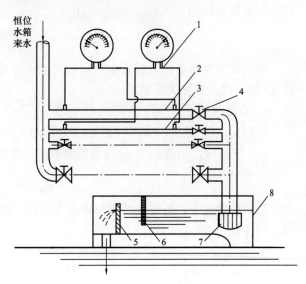

图 3-2　沿程阻力实验装置示意图

1—波纹管差压计；2—$\phi50$ 实验管段；3—$\phi20$ 实验管段；

4—流量调节阀；5—三角堰；6—标尺；

7—喷头；8—三角堰测量水箱

图 3-3 所示为三角堰流量计，该三角堰为直角堰，即 $\dfrac{\theta}{2}=45°$。三角堰流量水箱外侧装有连通玻璃管和标尺，连通玻璃管内的水位指示三角堰中的水位，水位变化高度可从标尺上读出，即 $\Delta H=H-H_0$（m），称为堰顶淹深。其中 H 为某一测量工况下的连通玻璃管标尺读数，单位为 mm；H_0 为堰顶水位起始值（图 3-3），对于 1 号实验台 $H_0=153\mathrm{mm}$，2 号实验台 $H_0=156\mathrm{mm}$。体积流量 q_V 的计算式为

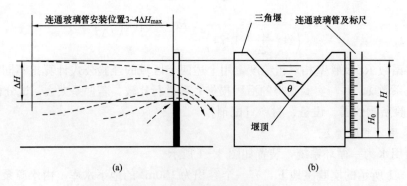

图 3-3　三角堰流量计示意图

（a）侧视图；（b）主视图

$$q_V = 1.4\Delta H^{5/2}\tan\frac{\theta}{2} \quad (\mathrm{m^3/s}) \tag{3-11}$$

五、实验预习要求、实验条件、方法及步骤

（1）实验前复习教材中与沿程损失相关的理论知识。

（2）实验步骤及注意事项。

本实验涉及高位恒位水箱、水源泵、地下水库及各种管道。实验系统较为庞大，因此，实验时必须注意按步骤进行。

（1）启动水源泵，向五楼高位恒位水箱供水，等溢流水返回地下水库时，稳定 5min 后再进行实验。

（2）黄铜管沿程损失实验步骤。

1）实验时，通过调节阀的开度来改变流量，实验顺序规定流量由小到大，共进行 15 个工况点的测量。记好黄铜管上的调节阀手轮的初始位置，每次开启调节阀手轮 1/2 周，开启时必须缓慢。

2）调节阀开启后，当有流体经过堰顶时，待三角堰流量水箱液面稳定后，读出连通管标尺读数和差压计读数，记录在表 3-1a 中，作为第一个工况点。依次记录其他工况点，方法同上。

3）待所有工况点测量完毕后，记录下水温，关闭流量调节阀，使连通管标尺读数接近 H_0 后，准备下一组实验。

（3）镀锌管沿程损失实验的步骤及注意事项。

该实验的方法和步骤与黄铜管沿程损失实验相同，共测量 15 个工况点，并将实验数据记录在表 3-1b 中。

实验中应注意以下事项：

1）水源泵启动时，首先检查电机、开关柜和水泵是否处于备用状态，若处于备用状态，方可启动。

2）实验中要保持水流恒定，不可随意改变调节阀的阀门开度。

3）由于水流的脉动作用，压差计读数略有波动，读数时可取其平均值。

4）实验时，要确保差压计及连接胶管中没有气泡，以免造成测量误差。发现有气泡时，应将差压计上的排气阀阀门慢慢打开，将管内气体排除。

（4）依据表 3-1a 和表 3-1b 进行实验数据处理，记录在表 3-2a、表 3-2b 和表 3-3 中，并将 $\lambda = f\left(Re, \dfrac{\Delta}{d}\right)$ 曲线绘制在双对数坐标纸（图 3-4）上。

六、思考题

3-1 由实验结果分析流体处于何种流态：层流还是紊流？若为紊流流态，又处在哪种流动区域？

3-2 为什么采用双对数坐标绘制 λ-Re 曲线？

实验三附录："管道沿程损失实验"结果与数据处理用表

1. 实验原始数据记录表

表 3－1a（黄铜管）　　　　　　　　　**实验原始数据记录**

水堰初始水位 H_0：_____ mm　　　　　差压计满量程：_____ kPa　　　　　实验台编号：_____ 号

工况点	差压值 （kPa）	标尺读数 H （mm）	堰顶淹深 $\Delta H = H - H_0$ （m）
1			
2			
3			
4			
5			
6			
7			
8			
9			
10			
11			
12			
13			
14			
15			

按水温为_____℃查得水的运动黏度 $\nu=$_____ m²/s

表 3－1b（镀锌管）　　　　　　　　　**实验原始数据记录**

水堰初始水位 H_0：_____ mm　　　　　差压计满量程：_____ kPa　　　　　实验台编号：_____ 号

工况点	差压值 （kPa）	标尺读数 H （mm）	堰顶淹深 $\Delta H = H - H_0$ （m）
1			
2			
3			
4			
5			
6			
7			
8			
9			
10			
11			
12			
13			
14			
15			

按水温为_____℃查得水的运动黏度 $\nu=$_____ m²/s

2. 实验计算结果用表

根据流量 q_V 计算出平均流速 v，再根据 v 及 h_f 计算出 λ 值，记入表 3 - 2 中。

表 3 - 2a（黄铜管）　　　　　　　　**实 验 计 算 结 果**

工况点	h_f (m)	$q_V = 1.4\Delta H^{5/2}\tan\dfrac{\theta}{2}$ (m³/s)	$v = \dfrac{4q_V}{\pi d^2}$ (m/s)	$\lambda = \dfrac{2gdh_f}{Lv^2}$
1				
2				
3				
4				
5				
6				
7				
8				
9				
10				
11				
12				
13				
14				
15				

表 3 - 2b（镀锌管）　　　　　　　　**实 验 计 算 结 果**

工况点	h_f (m)	$q_V = 1.4\Delta H^{5/2}\tan\dfrac{\theta}{2}$ (m³/s)	$v = \dfrac{4q_V}{\pi d^2}$ (m/s)	$\lambda = \dfrac{2gdh_f}{Lv^2}$
1				
2				
3				
4				
5				
6				
7				
8				
9				
10				
11				
12				
13				
14				
15				

3. 实验计算结果汇总表

表 3 - 3　　　　　　　　　　　　　　　实验计算结果汇总

工况点	黄铜管		镀锌管	
	λ 值	$Re=\dfrac{vd}{\nu}$	λ 值	$Re=\dfrac{vd}{\nu}$
1				
2				
3				
4				
5				
6				
7				
8				
9				
10				
11				
12				
13				
14				
15				

4. 双对数坐标纸 [以此绘制 $\lambda = f(Re, \Delta/d)$ 曲线]

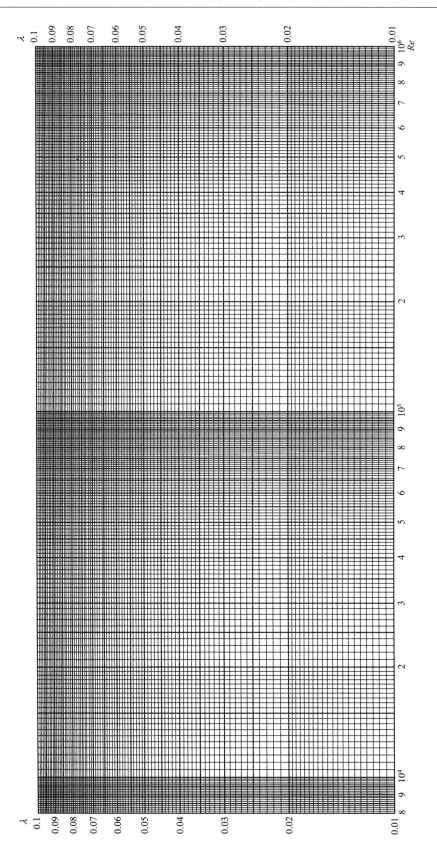

图 3 - 4　双对数坐标纸

实验四　并联管路特性及流量分配实验

实验类型：综合性实验

学　　时：2

适用对象：热能与动力工程专业、建筑环境与设备工程专业

一、实验目的

（1）了解并联管路特性及并联管路中阀门开度变化时的流量分配情况。

（2）掌握并联管路特性曲线（$h_w - q_V$ 或 $\Delta p_w - q_V$）的绘制方法，明确各支路存在流量偏差的原因。

二、实验要求

（1）在并联管路中，当各支路流量控制球阀处于全开时，绘制各支路的管路特性曲线和并联管路特性曲线；计算采用不同方法测量总流量的相对误差，分析各支路存在流量偏差的原因。

（2）将任意三条支路上的流量控制球阀完全关闭，绘制其余两支路流量控制球阀处于两种不同开度时各支路的管路特性曲线和两支路并联管路特性曲线，分析管路特性曲线在流量控制球阀处于不同阀门开度时的变化趋势及其原因。

（3）比较不同支路的阻力特性曲线，并分析存在差别的原因。

三、实验原理

1. 并联管路特点

（1）并联管路的流动损失特性：并联管路中各支路的流动损失相等，即

$$h_w = h_{wi} \quad (\text{m}) \tag{4-1}$$

（2）并联管路的流量特性：并联管路的总流量等于各支路的流量之和，即

$$q_V = \sum_{i=1}^{N} q_{Vi} \quad (\text{m}^3/\text{s}) \tag{4-2}$$

而对于每一支路，其能量损失可按串联管路计算，故

$$h_{wi} = \left(\sum_{j=1}^{N} \lambda_j \frac{l_j}{d_j} + \sum_{k=1}^{M} \zeta_k \right) \frac{v_i^2}{2g} = k_i q_{Vi}^2 \quad (\text{m}) \tag{4-3a}$$

或者以压强损失表示为

$$\Delta p_{wi} = \rho g h_{wi} = k_i' q_{Vi}^2 \quad (\text{Pa}) \tag{4-3b}$$

以上公式即为并联管路的水力计算式，利用这些公式，即可解决并联管路中流量分配、水头计算以及管径选择等问题。

2. 参数测量

在本实验中，并联管路的总流量 q_V 采用三角堰流量计测量，其计算式为

$$q_V = 1.4 \Delta H^{5/2} \tan \frac{\theta}{2} \quad (\text{m}^3/\text{s}) \tag{4-4}$$

式中　　q_V——并联管路的总流量，m^3/s；

ΔH——三角堰堰顶淹深，m；

θ——三角堰堰顶夹角，本实验设备中，$\theta = 90°$。

并联管路中的各支路流量 q_{Vi} 由涡轮流量计测定，各支路的流动损失由差压表测定。

3. 并联管路特性曲线的绘制

由式（4-3a）和式（4-3b）可知，流动损失与体积流量的平方成正比，即管路流动损失曲线为一条过原点的抛物线。根据所测不同流量下的压差损失，可绘制出 $\Delta p_w - q_V$ 曲线，如图4-1中的曲线Ⅰ或曲线Ⅱ所示。

根据并联管路的流动损失和流量特性式（4-1）和式（4-2），在各支路流动损失相等的条件下，将各支路的对应流量相加，可得并联管路的特性曲线，如图4-1中的曲线Ⅲ所示。图中曲线Ⅰ和Ⅱ分别为支路1和支路2的流动损失特性曲线，曲线Ⅲ为曲线Ⅰ和Ⅱ并联后的管路特性曲线。

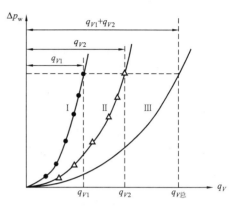

图4-1　并联管路特性曲线绘制示意图

四、实验所需仪器、设备、材料（试剂）

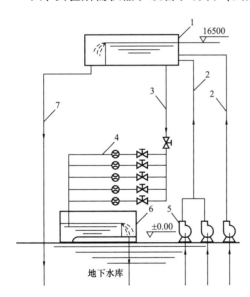

图4-2　实验用水循环系统图

1—恒位水箱；2—上水管；3—供水管；4—实验管路；
5—水源泵组；6—三角堰流量测量水箱；7—溢流管

该实验系统由实验用水循环系统（图4-2）、并联管路特性及流量分配综合实验系统（图4-3）和三角堰流量测量系统（图4-4）等组成。此外，实验所配仪器有涡轮流量计（LWGY-25）和差压表（1201PG 0~40kPa）。

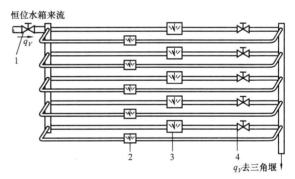

图4-3　并联管路特性及流量分配综合实验系统

1—并联管路流量控制总阀；2—差压表；
3—涡轮流量计；4—支路流量控制球阀

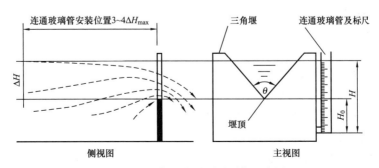

图4-4　三角堰流量测量系统示意图

实验用水循环系统如图 4-2 所示，在实验室地下有一个容积为 150m³ 的地下水库，由水源泵组 5 将水库中的水经上水管 2 打入五楼恒位水箱 1 保持恒定水位。恒位水箱中的水，一部分经供水管 3 供实验系统使用，经过实验管道 4 和三角堰流量测量水箱 6 后流回到地下水库；另一部分则通过溢流管 7 进入地下水库，形成一个水循环系统。

并联管路特性及流量分配综合实验系统如图 4-3 所示。从高位恒位水箱经供水管引入并联管路系统，经五组并联的实验管道，由排出管排入三角堰。每一实验支路上均装有涡轮流量计 3、流量控制球阀 4 和差压表 2。涡轮流量计用于测量分支管路流量，通过改变流量控制球阀开度的大小来调节分支管路的流动损失和流量。并联管路流量控制总阀 1 用于调节进入并联管路系统的总流量，系统总流量采用三角堰流量计进行测量。

三角堰流量测量系统如图 4-4 所示，该三角堰为直角堰，即 $\frac{\theta}{2}=45°$。三角堰流量测量水箱外侧装有连通玻璃管和标尺，连通玻璃管内的水位指示三角堰中的水位，水位高度变化可从标尺上读出，即

$$\Delta H = H - H_0$$

式中　ΔH——堰顶的淹深；

H——某一测量工况下的连通玻璃管标尺读数，mm；

H_0——堰顶水位起始值。

对于 1 号实验台 $H_0=153$mm，2 号实验台 $H_0=156$mm，3 号实验台 $H_0=150$mm。根据 $q_V=1.4\Delta H^{5/2}\tan\frac{\theta}{2}$ （m³/s），即可求出体积流量 q_V。

实验中的管路系统基本参数如下：

联箱管路内径为 $\phi 50$；实验管路采用 GB/T 3091—2001 25（1″）镀锌碳钢管，壁厚 $\delta=4$mm。

五、实验预习要求、实验条件、方法及步骤

(1) 本实验的先修实验课为《管道沿程损失实验》，即本实验要求学生在熟悉和掌握以下几点的基础上进行。

1) 工业管道沿程损失系数的测定方法。

2) 各种测量仪表、设备测取有关数据的操作方法。

3) 管路特性曲线的绘制方法。

4) 并联管路特性曲线的绘制方法。

(2) 实验按以下步骤进行。

1) 实验小组可由 3～5 人组成，设实验组长 1 名，做好分工，明确调节指令及信息反馈方式。

2) 将各支路流量控制球阀 4 调整到全开状态，通过调节总管路上的流量控制阀 1 改变各支路流量（6 次），将各支路的流量、流动损失和三角堰水位等实验数据记录在表 4-1 中。计算三角堰所测流量与各支管流量和间的偏差值，在图 4-5、图 4-6 中绘制各支路的管路特性曲线和并联管路特性曲线。

3) 关闭任意三个支路上的流量控制球阀，使其余两支路流量控制球阀处于两种不同开

度（如1/2开度和3/4开度），通过调节总管路上的流量控制阀改变各支路流量（6次），将各支路的流量、流动损失和三角堰水位等实验数据记录在表4-2、表4-3中。在图4-7中绘制某一支路流量控制球阀处于全开、1/2开度和3/4开度时管路特性曲线，并分析该曲线的变化规律，在图4-8中绘制两支路并联后的管路特性曲线。

六、思考题

4-1　分析在相同流量下，支路并联后流动损失降低的原因。

4-2　分析涡轮流量计所测并联管路总流量和三角堰所测流量存在偏差的原因。

实验四附录："并联管路特性及流量分配实验"结果与数据处理用表

表4-1　　　　支路1～5号控制阀门全开，调节总阀开度改变流量　　　实验台编号：＿＿＿＿号

| 次数 | 1号支路 | | 2号支路 | | 3号支路 | | 4号支路 | | 5号支路 | | 三角堰水位 | 堰顶淹深 | 三角堰流量 | 总流量 | 相对误差 |
	Δp_{w1} (kPa)	q_{V1} (m³/h)	Δp_{w2} (kPa)	q_{V2} (m³/h)	Δp_{w3} (kPa)	q_{V3} (m³/h)	Δp_{w4} (kPa)	q_{V4} (m³/h)	Δp_{w5} (kPa)	q_{V5} (m³/h)	H (mm)	$\Delta H = H - H_0$ (m)	q_V' (m³/s)	$q_V = \sum q_{Vi}$ (m³/s)	(%)
1															
2															
3															
4															
5															
6															

三角堰初始水位 $H_0 = $＿＿＿＿ mm；相对误差 $d = \dfrac{|q_V' - q_V|}{q_V} \times 100\% = $＿＿＿＿ %

表4-2　　　　任选＿＿＿号支路与＿＿＿号支路，将阀门开度调至半开状态，
调节总阀开度改变各支路的流量　　　实验台编号＿＿＿＿号

| 次数 | ＿＿＿号支路 | | ＿＿＿号支路 | | 三角堰水位 | 堰顶淹深 | 三角堰流量 | 总流量 | 相对误差 |
	Δp_{w1} (kPa)	q_{V1} (m³/h)	Δp_{w2} (kPa)	q_{V2} (m³/h)	H (mm)	$\Delta H = H - H_0$ (m)	q_V' (m³/s)	$q_V = \sum q_{Vi}$ (m³/s)	(%)
1									
2									
3									
4									
5									
6									

表 4-3 　　　　　任选____号支路与____号支路，将阀门开度调至 3/4 开度位置，
调节总阀开度改变各支路的流量　　　　　实验台编号____号

次数	____号支路		____号支路		三角堰水位	堰顶淹深	三角堰流量	总流量	相对误差
	Δp_{w1} (kPa)	q_{V1} (m³/h)	Δp_{w2} (kPa)	q_{V2} (m³/h)	H (mm)	$\Delta H = H - H_0$ (m)	q_V' (m³/s)	$q_V = \sum q_{Vi}$ (m³/s)	(%)
1									
2									
3									
4									
5									
6									

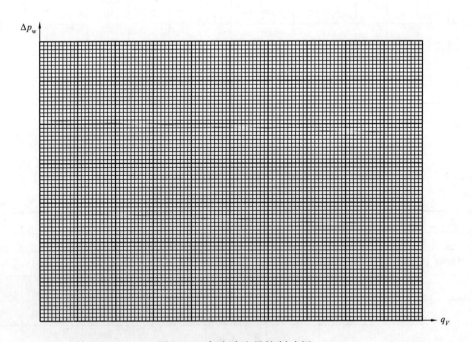

图 4-5　各支路流量控制球阀
处于全开时的管路特性曲线

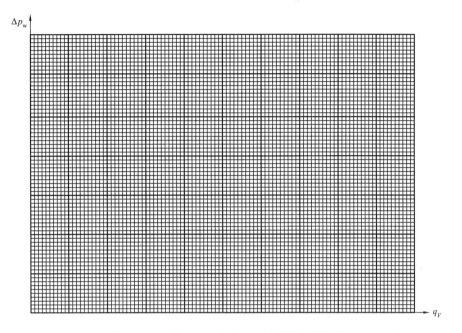

图 4-6 支路____与支路____流量控制球阀均
处于全开时的并联管路特性曲线

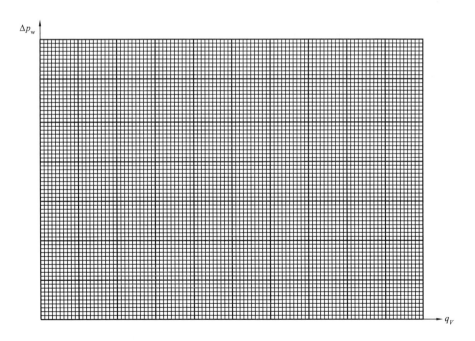

图 4-7 支路____流量控制球阀分别处于全开、
1/2 开度和 3/4 开度时的管路特性曲线

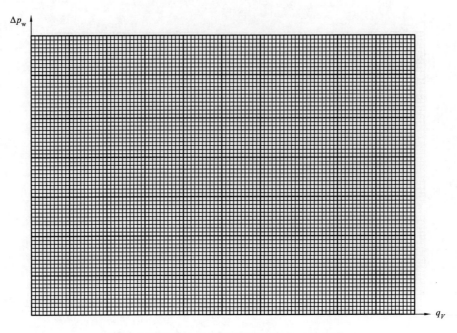

图 4-8 支路____流量控制球阀处于 1/2 开度与
支路____控制阀处于 3/4 开度时的并联管路特性

实验五　离心式风机进气实验

实验类型：验证性实验

学　　时：2

适用对象：热能与动力工程专业、建筑环境与设备工程专业

一、实验目的

（1）了解离心式风机性能参数的变化规律、测量方法以及有关仪器仪表的使用方法。

（2）掌握通过实验测绘离心式风机性能曲线（$p-q_V$、$p_{st}-q_V$、$P_{sh}-q_V$、$\eta-q_V$）的方法。

二、实验要求

（1）掌握离心式风机性能实验所需仪器仪表的使用方法。

（2）学会用实验方法测绘离心式风机性能曲线。

（3）实验时要做到：分工明确、团结合作，听从指挥、注意安全。

三、实验原理

风机进气实验装置如图5-1所示。通过增加（或减少）集流器入口节流网层数的方法来调节风机流量，使风机运行于不同的工况点。实验中，风机各基本性能参数按以下方法测定和计算。

1. 流量

$$q_V = 1.414\varepsilon_n\varphi_n A_n \sqrt{\frac{|p_{estj}|}{\rho}} \quad (\mathrm{m^3/s}) \tag{5-1}$$

$$p_{estj} = -9.80665kl \quad (\mathrm{Pa}) \tag{5-1a}$$

上两式中　ε_n——集流器膨胀系数，$\varepsilon_n=1$；

φ_n——集流器流量系数，$\varphi_n=0.99$；

A_n——集流器喉部截面积，$A_n=0.126\mathrm{m^2}$；

ρ——测定条件下的空气密度，$\mathrm{kg/m^3}$；

p_{estj}——集流器喉部静压，Pa；

k——微压计系数，实验中取$k=0.4$；

l——微压计读数，mm。

2. 动压

（1）出口动压（即风机动压）

$$p_{d2} = p_d = \frac{1}{2}\rho\left(\frac{q_V}{A_2}\right)^2 \quad (\mathrm{Pa}) \tag{5-2}$$

式中　A_2——风机出口截面积，$A_2=0.057\mathrm{m^2}$。

（2）进口动压

$$p_{d1} = \frac{1}{2}\rho\left(\frac{q_V}{A_1}\right)^2 \quad (\mathrm{Pa}) \tag{5-3}$$

式中　A_1——风机进口截面积，$A_1=0.322\mathrm{m^2}$。

3. 风机的全压和静压

在风机进气实验中，风机出口为大气压，故出口静压 $p_{st2}=0$。由于风机进口到静压测点存在流动损失，使测得的静压比风机进口实际静压偏高，这部分损失用 p_{wl} 表示，并用式 (5-4) 计算：

$$p_{wl} = p_{dl}\left(0.025\frac{l_1}{D_1}\right) \quad (\text{Pa}) \qquad (5-4)$$

式中 l_1——风机静压测点到风机进口之间的距离，$l_1=0.96\text{m}$；

   D_1——风筒直径，$D_1=0.32\text{m}$。

则风机的全压为

$$p = p_2 - p_1 = (p_{st2} + p_d) - (p_{st1} + p_{dl}) = p_d - (p_{est1} - p_{wl}) - p_{dl} \quad (\text{Pa}) \qquad (5-5)$$

$$p_{est1} = -9.80665(h_1 - h_2) \quad (\text{Pa}) \qquad (5-5a)$$

式中 p_{est1}——风机静压测点处的静压值，Pa；

   h_1、h_2——U 形管差压计读数，$h_1>0$，$h_2<0$，mm。

则风机的静压为

$$p_{st} = p - p_d = -(p_{est1} - p_{wl}) - p_{dl} = p_{wl} - p_{est1} - p_{dl} \quad (\text{Pa}) \qquad (5-6)$$

4. 功率

(1) 有效功率和静压有效功率

$$P_e = \frac{pq_V}{1000} \quad (\text{kW}) \qquad (5-7a)$$

$$P_{est} = \frac{p_{est}q_V}{1000} \quad (\text{kW}) \qquad (5-7b)$$

(2) 轴功率

$$P_{sh} = \eta_g P_g \quad (\text{kW}) \qquad (5-8)$$

式中 η_g——电动机效率，由图 5-2 电动机效率与输入功率曲线查得；

   P_g——电动机输入功率，从功率表上读出，读数时注意每小格为 20W。

5. 全压效率和静压效率

$$\eta = \frac{P_e}{P_{sh}} \times 100\% \qquad (5-9a)$$

$$\eta_{st} = \frac{P_{est}}{P_{sh}} \times 100\% \qquad (5-9b)$$

6. 性能换算

当测定条件不是标准状态（即 20℃，1atm，相对湿度为 50%，空气密度为 1.205kg/m^3）和额定转速（$n_0=1450\text{r/min}$）时，应将测试及计算结果换算为额定转速、风机标准进口状态下的参数，然后再绘制风机的性能曲线。测定条件和标准状态下的空气密度换算公式为

$$\rho = \rho_0 \frac{293 p_a}{101325 \times (273 + t)} - \frac{k\varphi}{100 \times 9.80665} \qquad (5-10a)$$

式中　ρ_0——标准状态下的空气密度，kg/m^3；

　　　p_a——测定条件下的大气压，Pa；

　　　t——测定条件下的空气温度，℃；

　　　φ——测定条件下的空气湿度，%；

　　　k——空气湿度校正系数，其与空气温度的关系见表 5-1。

表 5-1　　　　　　　　　　空气湿度校正系数与空气温度的关系

t(℃)	5	10	15	20	25	30	35	40	45	50
k	0.004	0.006	0.008	0.011	0.014	0.018	0.024	0.031	0.039	0.05

在本实验中，认为仅空气温度与标准状态不同，故测定条件下的空气密度可简化为

$$\rho = \rho_0 \frac{293}{273+t} \tag{5-10b}$$

则在额定转速、风机标准进口状态下的性能参数为

$$\begin{cases} q_{V0} = q_V \dfrac{n_0}{n} \\[2mm] p_0 = p \left(\dfrac{n_0}{n}\right)^2 \dfrac{\rho_0}{\rho} \\[2mm] P_{sh0} = P_{sh} \left(\dfrac{n_0}{n}\right)^3 \dfrac{\rho_0}{\rho} \\[2mm] \eta_0 = \eta \end{cases} \tag{5-11}$$

式中　q_V、p、P_{sh}、η——实际测定条件下的性能参数；

　　　q_{V0}、p_0、P_{sh0}、η_0——额定转速为 $n_0=1450r/min$ 时的性能参数。

四、实验所需仪器、设备、材料（试剂）

实验在如图 5-1 所示的风机进气实验装置上进行，风机参数见表 5-2。

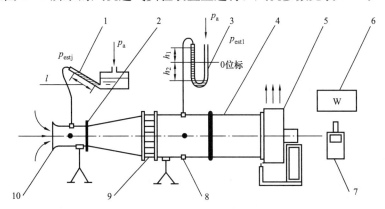

图 5-1　离心式风机进气实验装置示意图

1—倾斜式微压计；2—节流网；3—U 形管测压计；4—进气管道；5—风机；

6—功率表；7—手持式转速表；8—静压测点；9—稳流栅；10—集流器

表 5-2　　　　　　　　　　　　　　　风 机 设 计 参 数

型号	流量 (m³/h)	全压 (Pa)	转速 (r/min)	工作温度 (℃)	轴功率 (kW)
4-72№3.2A	844~1758	198~324	1450	<80	0.16~0.21

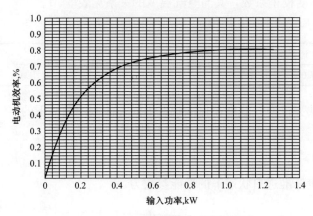

图 5-2　电动机效率与输入功率曲线

五、实验预习要求、实验条件、方法及步骤

（1）实验前，复习风机性能曲线和风机静压、动压的有关理论知识以及倾斜式微压计、U 形管测压计的使用方法。

（2）实验过程。通过增加（或减少）节流网层数的方法来调节风机流量；用集流器、倾斜式微压计测量集流器喉部静压 p_{estj}，用功率表测量电动机输入功率 P_g，用 U 形管测压计测量风机静压测点的静压 p_{est1}，用转速表测量风机转速 n，用温度计测量环境温度。

实验按以下步骤进行：

1）组长分配工作使本组同学各就各位；

2）检查各种仪表是否均处于备用状态；

3）准备工作稳妥后，组长宣布开始，启动风机，一般运转 3min，待运行稳定后，测取实验数据并将其记录在表 5-3 中；

4）实验时应测出 10~15 个工况点（即增加或减少 10~15 次节流网）的运行参数；

5）每改变一次运行工况，应稳定 2~3min，全组同学按组长口令同时读数并记录；

6）将实验计算结果记录在表 5-4、表 5-5 中，并在坐标纸（图 5-3）上绘制出额定转速、标准进口状态下的风机性能曲线。

六、思考题

5-1　倾斜式微压计和 U 形管测压计所测的静压分别用来计算风机的哪个性能参数？

5-2　为什么要测量计算风机的静压？静压性能曲线有什么用处？

5-3　若倾斜式微压计工作液体由酒精（$\rho=810kg/m^3$）改为水（$\rho=1000kg/m^3$），其所测参数如何修正？

实验五附录："离心式风机进气实验"结果与数据处理用表

1. 实验原始数据记录表

表 5 - 3　　　　　　　　　　**离心式风机进气实验原始数据**　　　　　实验台编号：_____号

工况点	集流器喉部静压 $p_{estj}=-9.80665kl$ (Pa)			风机静压测点处的静压值 $p_{estl}=-9.80665(h_1-h_2)$ (Pa)			风机转速 n (r/min)	输入功率 P_g (kW)	电动机效率 η_g (%)
	k	l	p_{estj}	h_1	h_2	p_{estl}	n	$P_g\times20\times10^{-3}$	η_g
1									
2									
3									
4									
5									
6									
7									
8									
9									
10									
11									
12									
13									
14									
15									

　　k 为微压计系数，可取 $k=0.4$；l 为微压计读数，mm；$h_1(h_1>0)$ 和 $h_2(h_2<0)$ 为 U 形管读数，mm；测定条件下的空气温度 $t=$_____℃。

2. 风机性能计算结果

表 5 - 4　　　离心式风机进气实验性能计算

实验台编号：____号

工况点	流量 q_V (m³/s) $1.414\varepsilon_n\varphi_n A_n \sqrt{\|p_{estj}\|/\rho}$	出口动压 p_d (Pa) $\frac{1}{2}\rho\left(\frac{q_V}{A_2}\right)^2$	进口动压 p_{d1} (Pa) $\frac{1}{2}\rho\left(\frac{q_V}{A_1}\right)^2$	流动损失 p_{w1} (Pa) $0.025 p_{d1} l_1/D_1$	全压 p (Pa) $p_d - p_{d1} - (p_{est1} - p_{w1})$	静压 p_{st} (Pa) $p - p_d$	轴功率 P_{sh} (kW) $P_g \eta_g$	有效功率 P_e (kW) $\frac{p q_V}{1000}$	静压有效功率 P_{est} (kW) $\frac{p_{est} q_V}{1000}$
1									
2									
3									
4									
5									
6									
7									
8									
9									
10									
11									
12									
13									
14									
15									

3. 性能换算

表 5 - 5　离心式风机进气实验性能换算

实验台编号：＿＿号

工况点	风机转速 (r/min)	流量 (m³/s)		全压 (Pa)		静压 (Pa)		轴功率 (kW)		有效功率 (kW)		静压有效功率 (kW)		全压效率 (%)	静压效率 (%)
	n	q_V	q_{V0}	p	p_0	p_{st}	p_{st0}	P_{sh}	P_{sh0}	P_e	P_{e0}	P_{est}	P_{est0}	η	η_{st}
1															
2															
3															
4															
5															
6															
7															
8															
9															
10															
11															
12															
13															
14															
15															

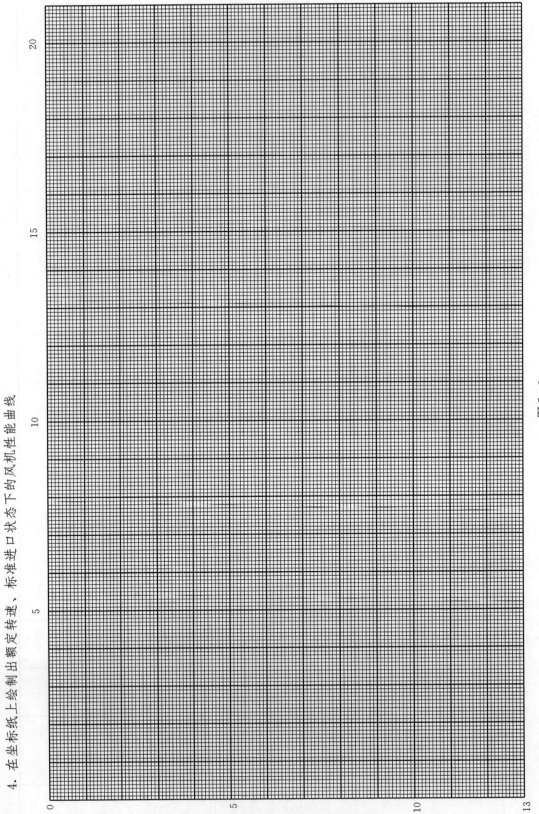

4. 在坐标纸上绘制出额定转速、标准进口状态下的风机性能曲线

图 5 - 3

实验六　离心式风机出气实验

实验类型：验证性实验

学　　时：2

适用对象：热能与动力工程专业、建筑环境与设备工程专业

一、实验目的

（1）了解离心式风机性能参数的变化规律、测量方法以及有关仪器仪表的使用方法。

（2）掌握通过实验测绘离心式风机性能曲线（$p-q_V$、$p_{st}-q_V$、$P_{sh}-q_V$、$\eta-q_V$）的方法。

二、实验要求

（1）掌握离心式风机性能实验所需仪器仪表的使用方法。

（2）学会用实验方法测绘离心式风机性能曲线。

（3）实验时要做到：分工明确、团结合作，听从指挥、注意安全。

三、实验原理

风机出气实验装置和动压测点布置如图 6-1、图 6-2 所示。通过改变风机出口节流锥开度的方法来调节风机流量，使风机运行于不同的工况点。实验中，风机各基本性能参数按以下方法测定和计算。

1. 流量

用皮托管测动压，流量可用式（6-1）计算，即

$$q_V = 1.414A_2\sqrt{\frac{1}{\rho}\bar{p}_{d2p}} \quad (\text{m}^3/\text{s}) \tag{6-1}$$

$$\bar{p}_{d2p} = \frac{\sum\limits_{i=1}^{10}\times l_i}{10}\times k\times 9.80665 \quad (\text{Pa}) \tag{6-1a}$$

上两式中　A_2——出气管道截面积，$A_2=0.1385\text{m}^2$；

　　　　　ρ——测定条件下的空气密度，kg/m^3；

　　　　　$\bar{p}_{d2p}$——平均动压，Pa；

　　　　　k——微压计系数，实验中 $k=0.4$；

　　　　　l——微压计读数，mm。

2. 动压

$$p_d = \frac{1}{2}\rho\left(\frac{q_V}{A_2}\right)^2 = \bar{p}_{d2p} \quad (\text{Pa}) \tag{6-2}$$

3. 风机的全压和静压

在风机出气实验中，风机进口前为大气压，故进口静压等于负的进口动压，即 $p_{st1}=-p_{d1}$。由于风机出口到静压测点存在流动损失，使测得的静压比风机出口实际静压偏低。这部分损

失用 p_{w2} 表示，并用式（6-3）计算：

$$p_{w2} = \bar{p}_{d2p}\left(0.025\frac{l_2}{D_{2p}}\right) \quad (\text{Pa}) \tag{6-3}$$

式中　l_2——风机出口到静压测点的距离，$l_2 = 3.05\text{m}$；

　　　D_{2p}——风筒直径，$D_{2p} = 0.42\text{m}$。

则风机的全压为

$$p = p_2 - p_1 = (p_{st2} + p_d) - (p_{st1} + p_{d1}) = p_{est2} + p_{w2} + p_d \quad (\text{Pa}) \tag{6-4}$$

$$p_{est2} = 9.80665(h_1 - h_2) \quad (\text{Pa}) \tag{6-4a}$$

式中　p_{est2}——风机静压测点处的静压值，Pa；

　　　h_1、h_2——U 形管差压计读数，mm，$h_1 > 0$，$h_2 < 0$。

则风机的静压为

$$p_{st} = p - p_d = p_{est2} + p_{w2} \quad (\text{Pa}) \tag{6-5}$$

　4. 功率

　（1）有效功率和静压有效功率

$$P_e = \frac{pq_V}{1000} \quad (\text{kW}) \tag{6-6a}$$

$$P_{est} = \frac{p_{est}q_V}{1000} \quad (\text{kW}) \tag{6-6b}$$

　（2）轴功率

$$P_{sh} = \eta_g P_g \quad (\text{kW}) \tag{6-7}$$

式中　η_g——电动机效率，由图 6-3 电动机效率与输入功率曲线查得；

　　　P_g——电动机输入功率，从功率表上读出，读数时，注意每小格为 20W。

　5. 全压效率和静压效率

$$\eta = \frac{P_e}{P_{sh}} \times 100\% \tag{6-8a}$$

$$\eta_{st} = \frac{P_{est}}{P_{sh}} \times 100\% \tag{6-8b}$$

　6. 性能换算

　　当测定条件不是标准状态（即 20℃，1atm，相对湿度为 50%，空气密度为 1.205kg/m³）和额定转速（$n_0 = 1450\text{r/min}$）时，应将测试及计算结果换算为额定转速、风机标准进口状态下的参数，然后再绘制风机的性能曲线。测定条件和标准状态下的空气密度换算公式为

$$\rho = \rho_0\frac{293p_a}{101325 \times (273 + t)} - \frac{k\varphi}{100 \times 9.80665} \tag{6-9a}$$

式中　ρ_0——标准状态下的空气密度，kg/m³；

　　　p_a——测定条件下的大气压，Pa；

　　　t——测定条件下的空气温度，℃；

　　　φ——测定条件下的空气湿度，%；

　　　k——空气湿度校正系数，其与空气温度的关系如表 6-1 所示。

表 6-1				空气湿度校正系数与空气温度的关系					
t（℃）	5	10	15	20	25	30	35	40	45	50
k	0.004	0.006	0.008	0.011	0.014	0.018	0.024	0.031	0.039	0.05

在本次实验中，认为仅空气温度与标准状态不同，故测定条件下的空气密度可按式（6-9b）简化计算，即

$$\rho = \rho_0 \frac{293}{273+t} \tag{6-9b}$$

则额定转速、风机标准进口状态下的性能参数为

$$
\begin{cases}
q_{V0} = q_V \dfrac{n_0}{n} \\[2mm]
p_0 = p \left(\dfrac{n_0}{n}\right)^2 \dfrac{\rho_0}{\rho} \\[2mm]
P_{sh0} = P_{sh} \left(\dfrac{n_0}{n}\right)^3 \dfrac{\rho_0}{\rho} \\[2mm]
\eta_0 = \eta
\end{cases}
\tag{6-10}
$$

式中　q_V、p、P_{sh}、η——实际测定条件下的性能参数；

　　q_{V0}、p_0、P_{sh0}、η_0——额定转速为 $n_0 = 1450\text{r/min}$ 时的性能参数。

四、实验所需仪器、设备、材料（试剂）

实验在如图 6-1 所示的风机出气实验装置上进行，风机参数见表 6-2，动压测点布置如图 6-2 所示。

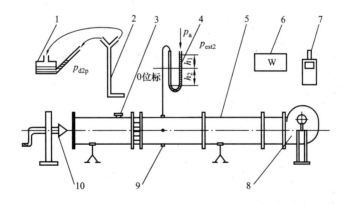

图 6-1　风机出气实验装置示意图

1—倾斜式微压计；2—皮托管（动压）；3—测压孔；4—U 形管测压计；5—出气管道；
6—功率表；7—手持式转速表；8—风机；9—静压测孔；10—节流锥

表 6-2		风 机 设 计 参 数			
型　　　号	流量 （m³/h）	全压 （Pa）	转速 （r/min）	工作温度 （℃）	轴功率 （kW）
4-72№3.2A	844～1758	198～324	1450	<80	0.16～0.21

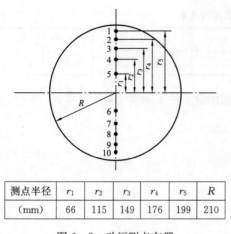

测点半径	r_1	r_2	r_3	r_4	r_5	R
(mm)	66	115	149	176	199	210

图 6-2　动压测点布置

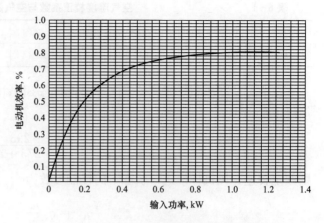

图 6-3　电动机效率与输入功率曲线

五、实验预习要求、实验条件、方法及步骤

（1）实验前，复习风机性能曲线和风机静压、动压的有关理论知识以及倾斜式微压计、U 形管测压计的使用方法。

（2）实验过程。实验时，通过改变风机出口节流锥开度的方法来调节风机流量；用功率表测量电动机输入功率 P_g；用 U 形管差压计测量管道静压测点的静压 p_{est2}；用手持式转速表测量风机转速 n，用温度计测量环境温度；用皮托管和倾斜式微压计测出管道直径上 10 个点的动压，并计算其平均值 $\bar{p}_{d2p}$。测点布置如图 6-2 所示。

实验时按如下步骤进行：

1）组长分配工作使本组同学各就各位；

2）检查设备仪器是否处于备用状态；

3）准备工作稳妥后，组长宣布开始，启动风机，一般运转 3min，待运行稳定后，测取实验数据并将其记录在表 6-3 中；

4）实验时应测出 10～15 个工况点（即摇动节流锥摇柄，按连接杆上刻度移动 10～15 次）的运行参数，每改变一个工况，应稳定 2～3min，全组同学按组长口令同时读数并记录；

5）在每个工况点下测量动压时，应按皮托管杆上的刻度测出风机管道直径上 10 个点的动压，并计算出平均值；

6）将实验计算结果记录在表 6-4 和表 6-5 中，并在坐标纸（图 6-4）上绘制出额定转速、标准出口状态下的风机性能曲线。

六、思考题

风机出气实验和风机进气实验分别用什么方法测量流量及控制流量的变化？

实验六附录:"离心式风机出气实验"结果与数据处理用表

实验台编号:_____号

1. 实验原始数据记录表

表 6 - 3 离心式风机出气实验原始数据

工况点	平均动压 $\dfrac{\sum\limits_{i=1}^{10} \times l_i}{10} \times k \times 9.80665$ (Pa)											风机静压测点处的静压值 $9.80665(h_1-h_2)$ (Pa)			风机转速 (r/min)	输入功率 (kW)	电动机效率 (%)
	l_1	l_2	l_3	l_4	l_5	l_6	l_7	l_8	l_9	l_{10}	$\bar{p}_{zp}$	h_1	h_2	p_{est2}	n	$P_g \times 20 \times 10^{-3}$	η_g
1																	
2																	
3																	
4																	
5																	
6																	
7																	
8																	
9																	
10																	
11																	
12																	
13																	
14																	
15																	

k 为微压计系数,$k=0.4$;l 为微压计读数,mm;h_1($h_1>0$)和 h_2($h_2<0$)为 U 形管读数,mm;测定条件下的空气温度 $t=$_____℃。

2. 风机性能计算结果

表 6-4　　离心式风机出气实验性能计算

实验台编号：_____号

工况点	流量 q_V (m³/s) $1.414A_2\sqrt{\dfrac{1}{\rho}\bar{p}_{d2p}}$	出口动压 p (Pa) $\bar{p}_{d2p}$	流动损失 p_{w2} (Pa) $0.025\bar{p}_{d2p}l_2/D_2$	风机转速 n (r/min)	全压 p (Pa) $p_{est2}+p_{w2}+p_d$	静压 p_{st} (Pa) $p_{est2}+p_{w2}$	轴功率 P_{sh} (kW) $P_g\eta_g$	有效功率 P_e (kW) $\dfrac{pq_V}{1000}$	静压有效功率 P_{est} (kW) $\dfrac{p_{est}q_V}{1000}$
1									
2									
3									
4									
5									
6									
7									
8									
9									
10									
11									
12									
13									
14									
15									

3. 性能换算

表 6-5

离心式风机出气实验性能换算

实验台编号：＿＿＿号

工况点	风机转速 (r/min)	流量 (m³/s)		全压 (Pa)		静压 (Pa)		轴功率 (kW)		有效功率 (kW)		静压有效功率 (kW)		全压效率 (%)	静压效率 (%)
	n	q_V	q_{V0}	p	p_0	p_{st}	p_{st0}	P_{sh}	P_{sh0}	P_e	P_{e0}	P_{est}	P_{est0}	η	η_{st}
1															
2															
3															
4															
5															
6															
7															
8															
9															
10															
11															
12															
13															
14															
15															

4. 在坐标纸上绘制出额定转速、标准出口状态下的风机性能曲线

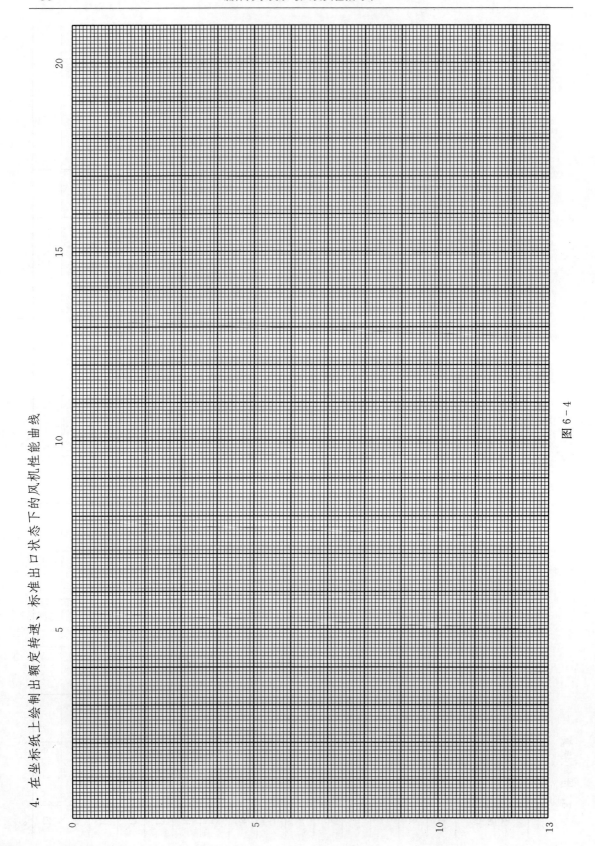

图 6 - 4

实验七　离心式水泵性能实验

实验类型：验证性实验

学　　时：2

适用对象：热能与动力工程专业、建筑环境与设备工程专业

一、实验目的

（1）熟悉离心式水泵的启动和停止步骤。

（2）了解运行中利用有关传统的和现代化的仪器、仪表测量有关数据的操作方法及注意事项。

（3）掌握通过实验测绘离心式水泵性能曲线（$H-q_V$、$P_{sh}-q_V$、$\eta-q_V$）的方法。

二、实验要求

（1）掌握离心式水泵性能实验所需仪器仪表的使用方法。

（2）学会用实验方法测绘离心式水泵性能曲线。

（3）实验时要做到：分工明确、团结合作，听从指挥、注意安全。

三、实验原理

水泵压强测点布置、三角堰和实验系统示意图如图 7-1 和图 7-2 所示。通过改变离心泵出口节流阀开度的方法来调节水泵流量，使水泵运行于不同的工况点。实验中，水泵各基本性能参数按以下方法测定和计算。

1. 流量

由于积算频率仪表与涡轮流量变送器配合使用，仪表本身装有换算装置，测量数据直接显示瞬时体积流量，m³/h。为比较涡轮流量计的测量误差，同时可利用三角堰测量水泵流量，其计算公式为

$$q_V = 1.4\Delta H^{5/2}\tan\frac{\theta}{2}\quad(\text{m}^3/\text{s})\tag{7-1}$$

$$\Delta H = H - H_0\tag{7-1a}$$

上两式中　q_V——流量，m³/s，在该三角堰上，$\dfrac{\theta}{2}=45°$，也即 $\tan45°=1$；

　　　　　ΔH——堰顶淹深，m；

　　　　　H——连通玻璃管中的水位，可由水堰水箱外侧连通玻璃管标尺读出；

　　　　　H_0——堰顶水位起始值（图 7-1）。

对于 1 号实验台，$H_0=0.151$m；2 号实验台，$H_0=0.159$m；3 号实验台，$H_0=0.157$m；4 号实验台，$H_0=0.153$m。

2. 扬程

水泵压强测点布置如图 7-1 所示。当水泵进、出口管内径相等时，由伯努利方程可得扬程计算式，即

$$H = h_0 + \frac{p_2 - p_1}{\rho g}\quad(\text{m})\tag{7-2}$$

式中 p_2——水泵出口截面中心的计示压强，Pa；

       p_1——水泵进口截面中心的计示压强，Pa；

       h_0——水泵出口截面中心至入口截面中心的高度差，m；

       ρ——测定条件下水的密度，kg/m³。

$$\frac{p_2}{\rho g} = \frac{p_2'}{\rho g} + h_2, \quad \frac{p_1}{\rho g} = \frac{p_1'}{\rho g} + h_1 \qquad (7-2a)$$

式中 p_2'——水泵出口测压点表压（计示压强），MPa；

       p_1'——水泵进口测压点表压（实际上是真空），MPa；

       h_1——进口管中心至真空表中心间高度，m；

       h_2——出口截面至压力表中心间高度，m。

将式（7-2a）代入扬程计算式（7-2）得

$$H = h_0 + h_2 - h_1 + \left(\frac{p_2'}{\rho g} - \frac{p_1'}{\rho g} \right) \times 10^6 \quad \text{(m)} \qquad (7-3)$$

其中：$h_0 + h_2 - h_1 = 0.385$ （m）。

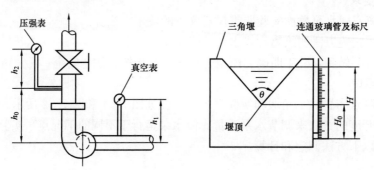

图 7-1   水泵压强测点布置、三角堰示意图

3. 功率

（1）有效功率

$$P_e = \frac{\rho g q_V H}{1000} \quad \text{(kW)} \qquad (7-4)$$

（2）轴功率

$$P_{sh} = \frac{\eta_{tm} M \omega}{1000} \quad \text{(kW)} \qquad (7-5)$$

$$\omega = \frac{2\pi n}{60} \qquad (7-6)$$

式中 η_{tm}——联轴器传动机械效率，$\eta_{tm} = 98\%$；

       M——水泵转矩，由转矩转速仪读出，N·m；

       ω——水泵叶轮旋转角速度，rad/s；

       n——水泵转速，r/min，由手持式转速表读出（或由实验拟合出的公式计算）。

转矩转速仪虽然也能测量出水泵转速和功率，但受测量精度和灵敏度的限制，测出的转速和功率数据精度不能满足实验要求，因此，需要由手持式转速表读出转速，再计算出轴功率值。

4. 效率

$$\eta = \frac{P_e}{P_{sh}} \times 100\%　　　　　　　　(7-7)$$

5. 性能换算

在测定条件下，离心式水泵的转速略有变化。为绘制出额定转速下离心式水泵的性能曲线，则应将测试及计算结果按下面的公式换算成额定转速 $n_0 = 2900 \mathrm{r/min}$ 下的性能参数，即

$$\begin{cases} q_{V0} = q_V \dfrac{n_0}{n} \\[2mm] H_0 = H\left(\dfrac{n_0}{n}\right)^2 \\[2mm] P_{sh0} = P_{sh}\left(\dfrac{n_0}{n}\right)^3 \\[2mm] \eta_0 = \eta \end{cases}　　　　(7-8)$$

式中　　q_V、H、P_{sh}、η——实际转速为 n 时的性能参数；

q_{V0}、H_0、P_{sh0}、η_0——额定转速为 n_0 时的性能参数。

四、实验所需仪器、设备、材料（试剂）

实验在水泵实验系统上进行，所需仪器、设备等如图 7-2 所示，水泵设计参数见表 7-1。

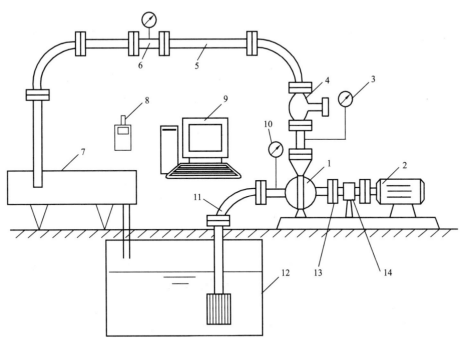

图 7-2　水泵实验系统示意图

1—离心式水泵；2—电动机；3—压强表；4—出口节流阀；5—压水管路；6—涡轮流量计；
7—三角堰；8—手持式转速表；9—数据采集系统；10—真空表；11—吸水管路；
12—吸水池；13—联轴器；14—转矩转速仪

表 7-1　　　　　　　　　　　　　　　水 泵 设 计 参 数

型　号	流量（m³/h）	扬程（m）	转速（r/min）	允许吸上真空高度（m）	轴功率（kW）
2BA6	20	3.08	2900	7.2	2.6

　　离心式水泵的叶轮直径为 162mm，进、出口管路内径均为 50mm。除手持式转速表与三角堰水位参数外，所有参数均已送入计算机。待测参数见表 7-2。

表 7-2　　　　　　　　　　　　　　　实 验 所 测 参 数

泵　组	1 号泵，其最大流量可达 25m³/h；建议流量变化间隔：2m³/h				
	2 号泵，其最大流量可达 26m³/h；建议流量变化间隔：2m³/h				
	3 号泵，其最大流量可达 16m³/h；建议流量变化间隔：1.5m³/h				
	4 号泵，其最大流量可达 20m³/h；建议流量变化间隔：2m³/h				
待测参数	水泵转矩 M （N·m）	水泵入口压强 p_1' （MPa）	水泵出口压强 p_2' （MPa）	涡轮流量计流量 q_V （m³/h）	三角堰水位 H （m）

五、实验预习要求、实验条件、方法及步骤

　　（1）实验前，复习泵性能曲线的有关理论知识以及有关仪器、仪表的使用方法；

　　（2）实验过程。实验时，通过改变水泵出口节流阀 4 的开度来调节水泵流量。按如下步骤进行：

　　1）组长将小组简单合理地分配工作（以后可以互相调换，以便熟悉各种操作），熟悉测量仪表，了解系统布置；

　　2）水泵启动前，为水泵充水，同时把泵壳上排气阀打开，待排气孔冒出水，不再有气泡排出，将排气阀和充水阀关闭，并将出口节流阀 4 完全关闭；

　　3）准备工作就绪后，由组长宣布开始，各就岗位，启动水泵，待转速稳定后（约 3min），逐渐开启出口节流阀 4 至全部打开；为了能准确地绘制出离心式水泵的性能曲线，应测出 10～12 个工况点，每两个工况点之间流量差值尽量保持一致；

　　4）每调节一次阀门，按组长口令，全组同学同时记录有关仪器、仪表的读数，并将实验数据记录在表 7-3 中；

　　5）各工况点测完后，即出口节流阀 4 "完全关闭"后，停止水泵运转；

　　6）将实验计算结果记录在表 7-4 和表 7-5 中，并在坐标纸（图 7-3）上绘制出额定转速下离心式水泵的性能曲线。

　　（3）注意事项：

　　1）出口节流阀 4 完全打开后再顺时针关阀（一般 7～8 圈左右），此处作为实验的第一个工况点，即最大流量略有变化处。为使工况点间流量差值尽量一致，在调节出口节流阀 4 时，需密切监视涡轮流量计的流量；

　　2）所谓"完全关闭"是指阀门关死后再开启半圈，这样处理是为了使阀门长时间处于关闭状态时不至于锈死。

六、思考题

　　7-1　离心式水泵在启动前为什么要充水、排气？

　　7-2　离心式水泵启动时为什么要关闭出水阀门？任何水泵的启动是否都应如此？

　　7-3　为什么在停泵时也要关闭出水阀门？

实验七附录："离心式水泵性能实验"结果与数据处理用表

1. 原始实验数据记录表

表7-3　　　　**原始数据记录（前四项从计算机读取，后两项直接读取）**　　　实验台编号：_____号

工况点	水泵转矩 M （N·m）	水泵入口压强 p_1' （MPa）	水泵出口压强 p_2' （MPa）	涡轮流量计流量 q_V （m³/h）	转速 n （r/min）	三角堰水位 H （m）	堰顶淹深 $\Delta H = H - H_0$ （m）
1							
2							
3							
4							
5							
6							
7							
8							
9							
10							
11							
12							
13							
14							
15							

有关参数：压强测点之间距离 $h_0 + h_2 - h_1 =$ _____ m，量水堰水位初始值 $H_0 =$ _____ m；室温 $t =$ _____ ℃。

2. 水泵性能计算结果表

表 7 - 4　　　　　　　　　　　　离心式水泵性能实验计算

工况点	涡轮流量计流量 q_V (m³/h)	量水堰计算流量 $1.4\Delta H^{5/2}\tan\dfrac{\theta}{2}$ (m³/s)	扬程 $h_0+h_2-h_1+\left(\dfrac{p_2'}{\rho g}-\dfrac{p_1'}{\rho g}\right)\times10^6$ (mH₂O)	轴功率 $\dfrac{2\pi nM}{1000\times60}\eta_{tm}$ (kW)	转速 n (r/min)
1					
2					
3					
4					
5					
6					
7					
8					
9					
10					
11					
12					
13					
14					
15					

3. 性能换算表

表 7 - 5　　　　　　　　　　　$n_0 = 2900r/min$ 时离心式水泵的性能参数

工况点	转速 （r/min）	涡轮流量计流量 （m³/h）		三角堰计算流量 （m³/h）		扬程 （mH₂O）		轴功率 （kW）		效率 （%）
	n	q_V	q_{V0}	q_V	q_{V0}	H	H_0	P_{sh}	P_{sh0}	η
1										
2										
3										
4										
5										
6										
7										
8										
9										
10										
11										
12										
13										
14										
15										

4. 在坐标纸上绘制出额定转速下离心式水泵的性能曲线

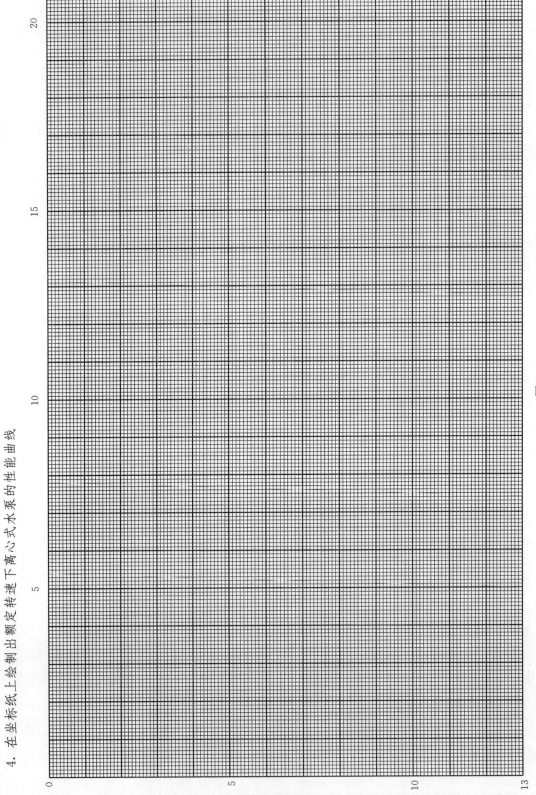

图 7 - 3

实验八　离心泵并联及工况调节实验

实验类型：综合性实验

学　　时：4

适用对象：热能与动力工程专业、建筑环境与设备工程专业

一、实验目的

(1) 了解离心泵并联运行时的特点。

(2) 分析两台泵并联运行时不同负荷下的经济运行方案。

二、实验要求

(1) 绘制两台离心泵并联运行工况调节图：①共用管路节流调节方式；②泵出口非共用管路节流调节方式。

(2) 当两台离心泵并联运行时，通过分析计算，确定在 50%负荷和 75%负荷时经济运行的调节方式。

三、实验原理

相对于共用管路，并联运行时各泵所产生的扬程均相等，总流量为并联各泵的流量之和，即

$$H_\Sigma = H_i \tag{8-1}$$

$$q_{V\Sigma} = \sum_{i=1}^{n} q_{Vi} \tag{8-2}$$

与一台泵单独运行时相比，并联运行时的总扬程和总流量均有所增加。

四、实验所需仪器、设备、材料（试剂）

实验系统布置如图 8-1 所示，离心泵系统额定转速下的基本参数见表 8-1。

表 8-1　　　　　　　　　　　　离心泵系统额定转速下的基本参数

	离　心　泵				电　动　机				
型　号	流量 (m³/h)	扬程 (m)	轴功率 (kW)	转速 (r/min)	型　　号	功率 (kW)	电压 (V)	电流 (A)	转速 (r/min)
2BA-6	20	30.8	2.6	2900	JO₂32-2D₂	4.0	380	8.07	2890

联轴器传动机械效率 $\eta_{tm} = 98\%$；离心泵叶轮直径 162mm；进出口管路内径 $D_{20} = 50mm$。

水泵压强测点布置、三角堰如图 8-2 所示。其中：$h_0 + h_2 - h_1 = 0.385m$。对于 1 号实验台，$H_0 = 0.151m$；2 号实验台，$H_0 = 0.159m$；3 号实验台，$H_0 = 0.157m$；4 号实验台，$H_0 = 0.153m$。

五、实验预习要求、实验条件、方法及步骤

1. 预习要求

本实验的先修实验课为："离心泵性能实验"、"管道沿程损失实验"及"并联管路特性及流量分配实验"，即本实验要求学生在熟悉和掌握以下几点的基础上进行：

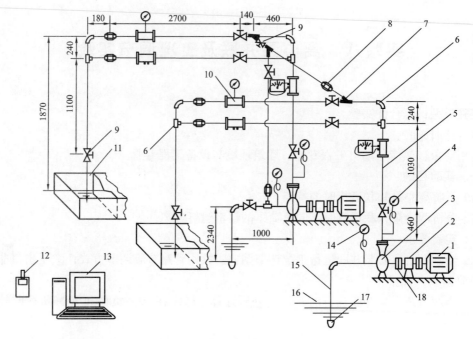

图 8-1　离心泵实验系统布置图

1—电动机；2—转矩转速仪；3—离心式水泵；4—压力表；5—压水管路；6—2″弯头；

7—三通；8—油任；9—闸阀；10—涡轮流量计；11—三角堰；12—手持式转速表；

13—数据采集系统；14—真空表；15—吸水管路；16—吸水池；

17—止回阀；18—联轴器

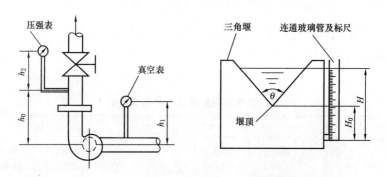

图 8-2　水泵压强测点布置、三角堰示意图

（1）离心泵启动前的准备、启动、停止步骤以及应注意的事项；

（2）各种测量仪表测取有关数据的操作方法；

（3）离心泵性能参数的测定和计算方法；

（4）管路特性曲线的计算及获取方法。

在进行本实验之前，应充分思考以下几个问题：①离心泵启动前为什么要充水、排气？②离心泵启动时为什么要关闭出口阀门？

2. 实验过程

在管路系统上装有真空表、压强表等压强测点和涡轮流量计、三角堰等流量测量仪表；

水泵转速由手持式转速表测定；水泵泵轴转矩由转矩转速仪测定。

实验按以下步骤进行：

(1) 实验小组可由 5～6 人组成，在熟悉实验系统和明确实验目的、要求和内容之后，确定离心泵并联运行管路系统的构成；

(2) 将管路系统划分为两类：即共用管路（负荷需求管路）和非共用管路，确定相应的调节阀；

(3) 设实验组长 1 名，做好分工，明确调节指令及信息反馈方式；

(4) 进行两泵并联运行实验，通过两泵共用管路上的阀门调节流量，记录 10～12 个工况点，并将实验数据记录在表 8-2 中；

(5) 进行两泵并联运行实验，通过非共用管路出口阀门调节流量，记录 10～12 个工况点，并将实验数据记录在表 8-3 中。

(6) 在坐标纸（图 8-3）上绘制出两台离心泵并联运行共用管路节流调节方式工况调节图。

(7) 在坐标纸（图 8-4）上绘制出两台离心泵并联运行泵出口非共用管路节流调节方式工况调节图。

3. 注意事项

(1) 通过两泵共用管路上的阀门调节流量时，出口节流阀 4 完全打开后再顺时针关阀（一般 7～8 圈左右），此处作为实验的第一个工况点，即最大流量略有变化处。为使工况点间流量差值尽量一致，在调节出口节流阀 4 时，需密切监视共用管路上涡轮流量计的流量。

(2) 通过非共用管路出口阀门调节流量时，做类似处理。

六、思考题

8-1　为什么要对水泵转速进行换算？

8-2　分析不同负荷下（如 50％负荷和 75％负荷）下的经济运行方案。

实验八附录："离心泵并联及工况调节实验"结果与数据处理用表

1. 原始实验数据记录表

表 8 – 2

实验台编号：____号，其最大流量可达：____ m³/h

建议流量变化间隔：____ m³/h

工况点	水泵转矩 M (N·m)	水泵入口测压点压强 p_1' (MPa)	水泵出口测压点压强 p_2' (MPa)	涡轮流量计流量 q_V (m³/h)	转速 n (r/min)	三角堰水位 H (m)	堰顶淹深 $\Delta H = H - H_0$ (m)
1							
2							
3							
4							
5							
6							
7							
8							
9							
10							
11							

两泵并联运行，通过两泵共用出口管路阀门调节流量原始实验数据

实验台编号：____号，其最大流量可达：____ m³/h

建议流量变化间隔：____ m³/h

水泵转矩 M (N·m)	水泵入口测压点压强 p_1' (MPa)	水泵出口测压点压强 p_2' (MPa)	涡轮流量计流量 q_V (m³/h)	转速 n (r/min)	三角堰水位 H (m)	堰顶淹深 $\Delta H = H - H_0$ (m)

有关参数：压强测点之间距离 $h_0 + h_2 - h_1 =$ ____ m，量水堰水位初始值 $H_0 =$ ____ m；室温 $t =$ ____ ℃。

表 8 - 3　两泵并联运行、通过非共用管路_____号泵出口阀门调节流量原始实验数据

实验台号：_____号，其最大流量可达：_____ m³/h；建议流量变化间隔：_____ m³/h

工况点	水泵转矩 M (N·m)	水泵入口测压点压强 p_1' (MPa)	水泵出口测压点压强 p_2' (MPa)	涡轮流量计流量 q_V (m³/h)	转速 n (r/min)	三角堰水位 H (m)	堰顶淹深 $\Delta H = H - H_0$ (m)
1							
2							
3							
4							
5							
6							
7							
8							
9							
10							
11							

实验台编号：_____号，其最大流量可达：_____ m³/h；建议流量变化间隔：_____ m³/h

工况点	水泵转矩 M (N·m)	水泵入口测压点压强 p_1' (MPa)	水泵出口测压点压强 p_2' (MPa)	涡轮流量计流量 q_V (m³/h)	转速 n (r/min)	三角堰水位 H (m)	堰顶淹深 $\Delta H = H - H_0$ (m)
1							
2							
3							
4							
5							
6							
7							
8							
9							
10							
11							

有关参数：压强测点之间距离 $h_0 + h_2 - h_1 =$ _____ m；量水堰水位初始值 $H_0 =$ _____ m；室温 $t =$ _____ ℃。

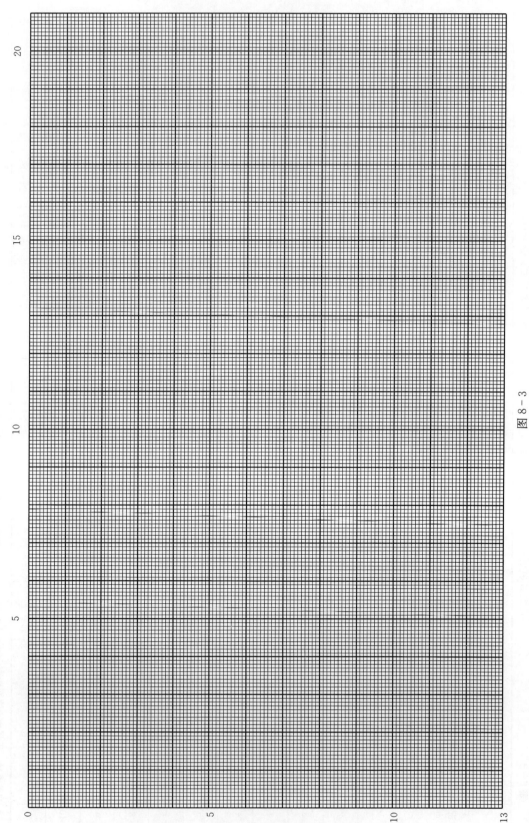

2. 在坐标纸上绘制出两台离心泵并联运行共用管路流量调节方式工况调节图

图 8 − 3

3. 在坐标纸上绘制出两台离心泵并联运行泵出口非共用管路共用管路节流调节方式工况调节图

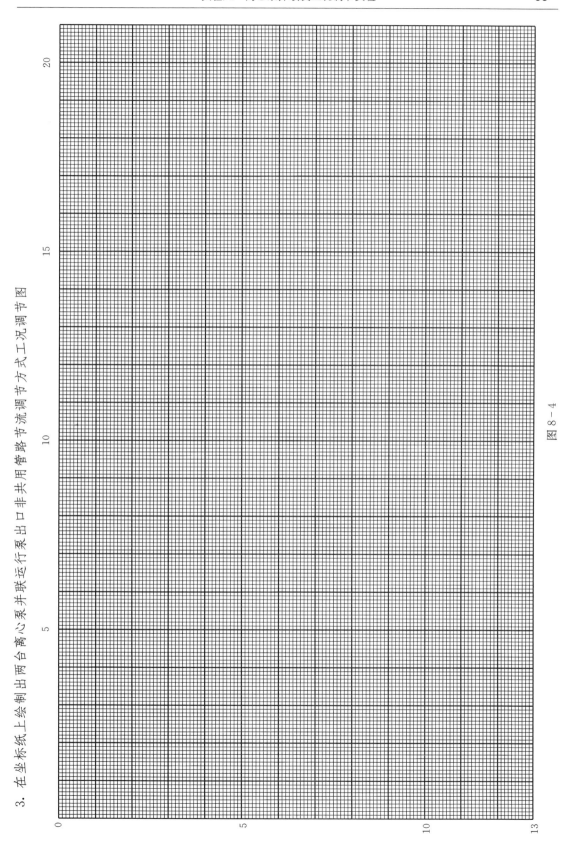

图 8-4

附录Ⅰ 水的黏度与温度的关系

水的黏度与温度的关系见附表1。

附表 1　　　　　　　　　　　　**水的黏度与温度的关系**

温度（℃）	$\mu(\times10^{-3}\mathrm{Pa\cdot s})$	$\nu(\times10^{-6}\mathrm{m^2/s})$	温度（℃）	$\mu(\times10^{-3}\mathrm{Pa\cdot s})$	$\nu(\times10^{-6}\mathrm{m^2/s})$
0	1.792	1.792	30	0.801	0.804
5	1.519	1.519	35	0.723	0.727
10	1.308	1.308	40	0.656	0.661
15	1.140	1.141	45	0.599	0.605
20	1.005	1.007	50	0.549	0.556
25	0.894	0.897			

附录Ⅱ 几种工业管道的当量绝对粗糙度

几种工业管道的当量绝对粗糙度见附表2。

附表2　　　　　　　　几种工业管道的当量绝对粗糙度

管 壁 情 况	当量绝对粗糙度 Δ（mm）
干净的整体的黄铜管、铜管、铅管	0.0015～0.01
新的仔细浇成的无缝钢管	0.04～0.17
在煤气管路上使用一年后的钢管	0.12
在普通条件下浇成的钢管	0.19
使用数年后的整体钢管	0.19
涂柏油的钢管	0.12～0.21
精制镀锌的钢管	0.25
普通的镀锌钢管	0.39
普通的新铸铁管	0.25～0.42
粗陋镀锌钢管	0.50
旧的生锈钢管	0.60
污秽的金属管	0.75～0.90

参 考 文 献

1. 王松岭主编. 流体力学. 北京：中国电力出版社，2007.
2. 安连锁主编. 泵与风机. 北京：中国电力出版社，2001.

双 对 数 坐 标 纸

λ

0.1
0.09
0.08
0.07
0.06
0.05
0.04
0.03
0.02
0.01

Re
10⁶
9
8
7
6
5
4
3
2
10⁵
9
8
7
6
5
4
3
2
10⁴
9
8

λ

0.1
0.09
0.08
0.07
0.06
0.05
0.04
0.03
0.02
0.01

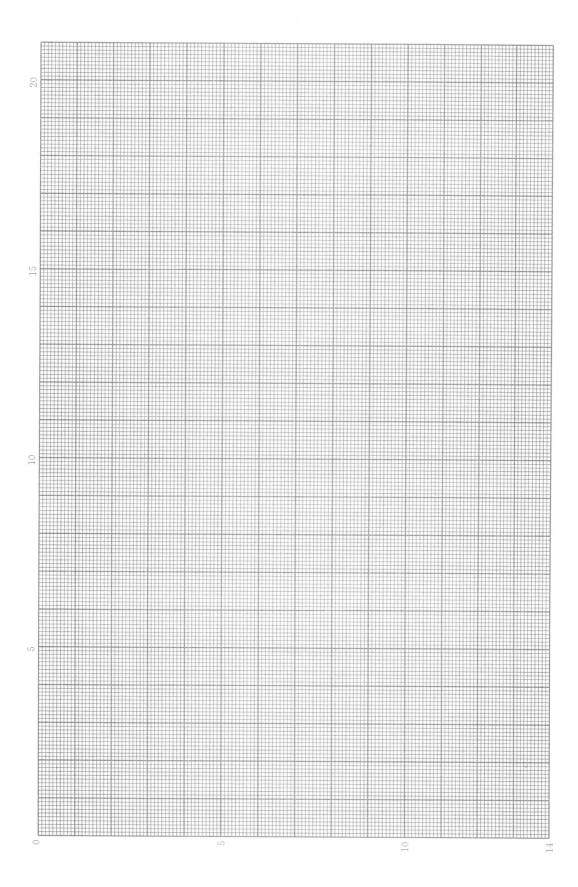

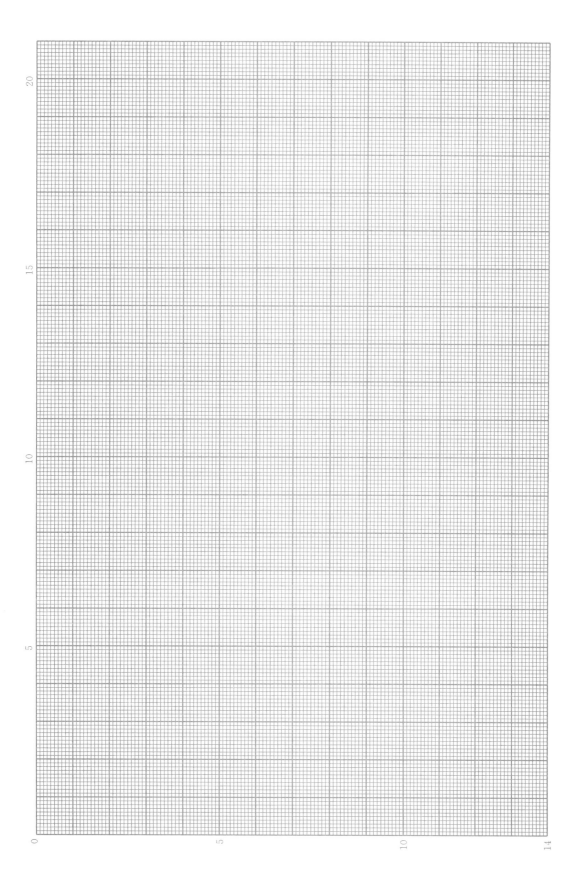

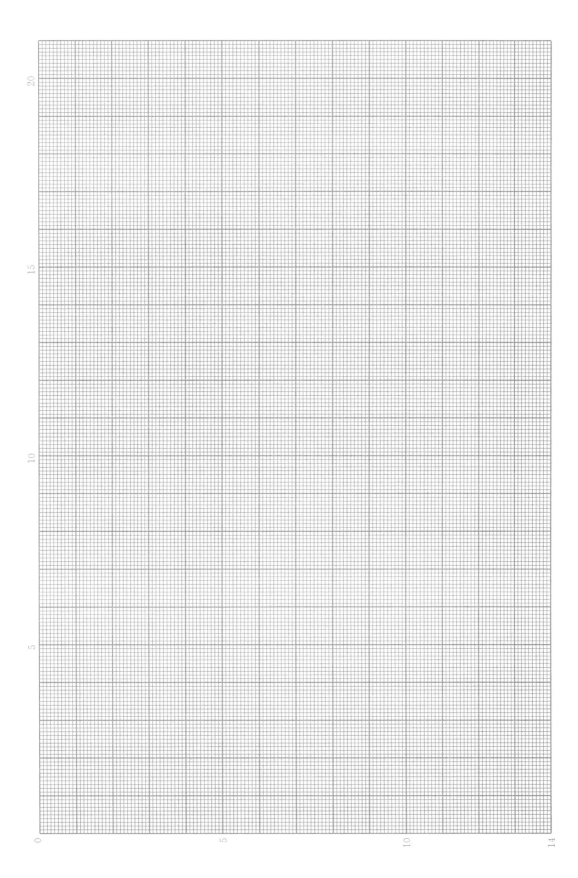

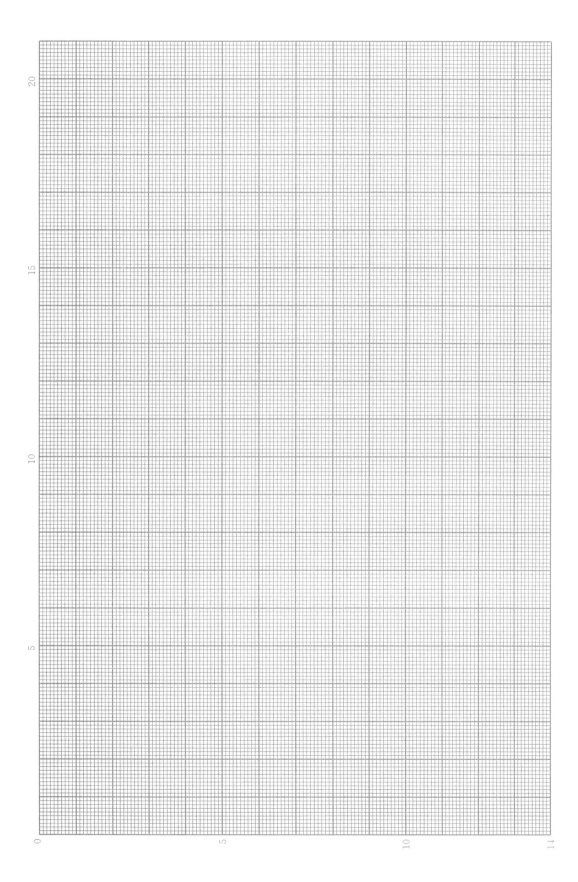

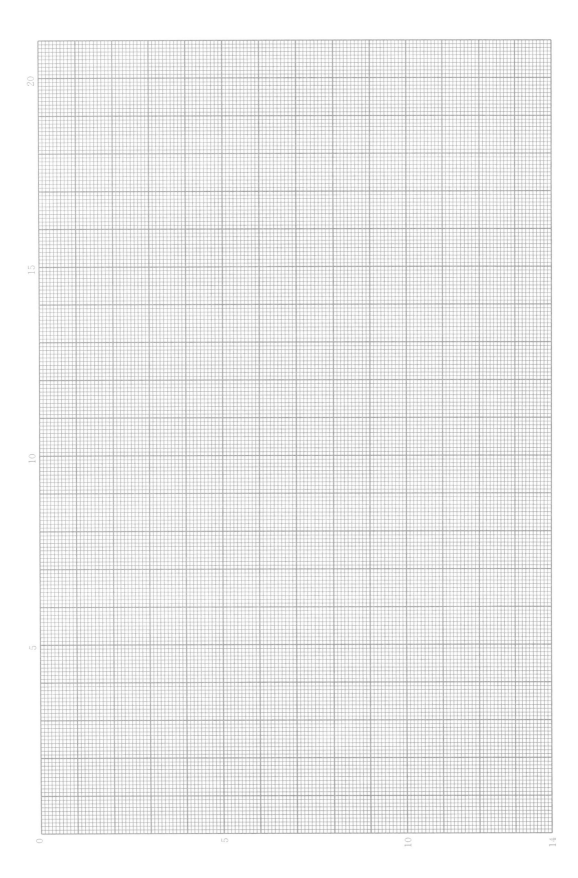